TIGER × DRAGON 5!

竹宮ゆゆこ
插畫◎ヤス

各位午休中的二年C班同學，
雖然事出突然，還是想問大家學校生活快樂嗎？

高須竜兒

「……幹嘛突然問這種問題？嗯，這個嘛……最近同學比較不怕我了，而且大家都是好人……不好意思，我現在正在吃午餐，可以麻煩你待會兒再來嗎？是啊，今天的便當是涼拌麵線。配菜有蔥、薑、紫蘇、茗荷，至於麵線則是用保溫瓶保持冰涼……秋天吃麵線很怪？說什麼傻話，正因為是秋天，超市的麵線才會賣得這麼便宜啊！」

逢坂大河
「啥？吵死了，誰管得了那麼多啊！都是因為有個不知道從哪裡來的蠢蛋，明明都已經是秋天了，還給人家的便當帶什麼涼拌麵線，害我現在嘴巴冰得要死，根本沒辦法說話啦！」

櫛枝実乃梨
「咦——？麵線很讚啊！那麼不想吃的話，就淋上我的咖哩吧！怎麼回事……？班、班上同學好像紛紛對我投以凶狠的視線？我害教室裡全是咖哩味？這樣不是正好可以促進食慾嗎？如果這裡是印度，每天都會聞到咖哩味喔！」

川嶋亞美
「嗯？你問什麼？學校生活？唉呀～～討厭！當然是非常愉快啊～～！而且大家都很好～～對人家又很溫柔～～每天都過得很開心～～……啊——有一股咖哩的味道……」
北村祐作
「二年C班都很團結！也沒有違反規定的學生！更沒有不良行為！如此模範的班級，讓身為班長的我非常自豪……怎麼會有咖哩的味道？好，我知道了！大家閉上眼睛！我們這就來尋找犯人！是誰中午帶咖哩的？誠實舉手！」

能登久光
「春田，你還是閉嘴比較好。嗯，我覺得這個班級很有趣，只不過笨蛋有點多……啊，不過可愛的女孩子也很多！超可愛的！」
春田浩次
「尋找帶咖哩的犯人？哈哈哈哈哈，只有北村這個笨蛋才會想要找！犯人一定是印度人嘛，還用問嗎？哈哈哈哈哈——！」

香椎奈奈子
「呵呵呵，大家都很可愛啊？」
木原麻耶
「話說回來，為什麼我們班上連個像樣的
型男都沒有──？啊──超想談戀愛的，
學校生活超、超、超無趣的！還是來捉弄
丸尾打發時間吧！」

順便……？

戀窪百合（30）

「……小考成績……？還——沒改好……
很——抱歉……準備教材……？還沒準備
……很——抱歉……幹勁……？沒有……
很——抱歉……宿醉……？沒——錯……
很——抱歉……三十歲……？哈哈哈……
三——十歲了……很——抱歉……啊哈哈
哈……啊——……」

別理會這樣的百合，往校慶篇GO吧！

TIGER×DRAGON 5!

竹宮ゆゆこ
插畫◎ヤス

「……所以今年也是校方強制通過校慶活動只有一天的決議嗎？就連會長也沒辦法……」

「其實並非學校單方面的強制決定。這是和教職員之間的正當交易，而且這麼做最有利！既可以得到幾乎比往年多出一倍的預算，又可以免去有的沒的條件限制，如果計畫順利進行，一定有放棄兩天校慶的價值。」

「可是現在還有哪個學校的校慶只辦一天……這真是糟糕的傳統耶。聽說每一年的氣氛都不是很熱烈，一定是因為只辦一天的關係。我們雖然是公立學校，但也未免太誇張了。」

「哪有什麼辦法，既然學校決議如此，我們也只有從中想辦法了。即使校慶的時間只有一天，我們也要想盡辦法炒熱它、辦得熱熱鬧鬧才行。畢竟對我來說，這是最後一個大型學校活動。」

「剛剛的演說真是精采。『年年都熱鬧不起來的校慶活動，等於是歷屆學生會繼承的債務！我們當然可以選擇放棄繼承，但不如就由我來讓它翻盤吧！』──連三年級的校慶執行主任委員也為之感動不已、起立鼓掌喝采呢！」

「現在感動還太早了，今年的校慶園遊會可是要熱熱鬧鬧……不，我們要辦得有聲有色！既然我都已經說出口了，就讓大家瞧瞧我的真本事！你們幾個都要一起參與！」

「我們當然會參與……啊、贊助商是『狩野商店』吧？」

「只要可以派得上用場，就連父母親也要毫不客氣地加以利用。喂，你怎麼可以一個人獨占全部的薯條！」

「會長還不是自己一個人就把炸雞塊全部吃掉了。都已經幾歲了還在沾番茄醬，妳是小朋友嗎？」

「我才十八歲而已，當然是小朋友！拿來！叫你拿來！」

「哇啊，住手住手！不准打架！」

「不要，我才不給。拿薯條沾番茄醬這種吃法，對薯條來說實在太不幸了！學長接著！交給你了！」

「啊——！不要用油膩膩的手指摸我的眼鏡——！」

現在是某個週五的放學後，地點是某間速食店。

到目前為止還沒有人知道，某間高中的學生會成員共計六人，正在周圍眾人的目光注視之下，討論某件例行活動的執行計畫。

1

按照座號順序五人一組，男生與女生輪流使用狹小體育館的球場上籃球課。

體育課排在剛吃完午餐、肚子飽飽的午後，穿著體育服的高中生都是一副懶洋洋的模樣，而且動作也是慢條斯理。

「女生看起來超沒力的。」

「我也很沒力啊，雖然我是男生……啊，內褲的線條……」

「誰誰誰？在哪？」

籃球在地板上反彈的聲音，還有鞋子滑動的聲音迴響，有股說不出的遲緩。

一群男生倒在角落看著女生懶洋洋打著籃球的模樣，就好像是一群被豢養的乳牛。他們就像只求不挨罵的假日老爹，一個一個並排躺下，或隨意倚著牆壁，或結伴一起幸福地半瞇著眼，望向女同學隱藏在體育服底下的屁股。

在這群人當中，只有一對眼睛閃著異樣的朦朧光芒。

「大河的體育服褲腳綻線了……」

他就是身上穿著牛紋緊身衣，隱身在牛群之中準備取下流氓性命的牧場殺手——才怪，他是和大家一樣懶散的高須竜兒。

與本人意志相悖離的目光，在比賽開始之初就被其他獵物吸引。他望著球場上十個女孩子當中，最有精神的運動少女櫛枝実乃梨來回跑動、舞動馬尾追球的身影。至於要問是什麼原因，就是因為他喜歡她。

竜兒的視線簡直就像受到磁力吸引，驀地朝向她的眩目笑容。可是瞬間轉開視線之後，竜兒的目光就被褲腳的綻線攫住。他的眼睛現在完全盯著那裡移不開，至於要問是什麼原因，就是因為他最在意「那種事」。

「喔，不愧是高須，看的地方就是與眾不同。褲腳是吧？嗯嗯嗯。」

不曉得是誰在用手肘頂著竜兒背後。

「掌中老虎的腳踝……真是好東西，你的品味真不錯。幹得好啊，大變態。」

又有另一個人用指尖戳刺竜兒的側腹。

「不，不是腳踝，是褲腳。喔，果然綻線了……」

危險而銳利的三角眼，受到某個女生的腳踝吸引，現正瞪視鬆開的褲腳褶邊，彷彿即將發射光束把它燒得清光……其實他的眼睛沒有射出光束，只是在心裡發誓要趁這個週末把褲子補好而已。

至於體育服的主人，「掌中老虎」逢坂大河根本沒注意竜兒的視線，一點幹勁也沒有，只是隨便跟著大家一起跑，來到籃框底下就舉起雙手擺出防守的樣子，可是身高太矮根本無法構成威脅，只見球輕鬆越過她的頭頂進籃。「太好了！」起手投籃的人是把栗色長髮綁在側邊、露出纖細脖子的木原麻耶。拉高襪子的動作，讓男生得以從前襟瞥見她的胸部，男同學也不禁說了一聲：「太好了！」

「啊——真是的！大河！都是妳！」

「不關我的事——！」

唯一認真打球的実乃梨一邊追球，一邊對大河發號施令。流經全身上下的熱血，在這個懶洋洋的午後更加鼓舞她的幹勁。

「從剛才開始就只有我在得分！大河也要稍微有點幹勁，妳不是超強的嗎？把剛才失去的分數拿回來！」

「好啦好啦……」

大河接到実乃梨迅速傳來的球，抱著姑且一試的態度開始運球。雖然看不出她有什麼幹勁，不過只要防守她的女孩子打算抄球，她便加快腳步鑽過對方手下，籃球就好像是黏在她的小手上面。

喔喔——倒臥觀戰的男同學相繼發出低沉的讚嘆。

「不愧是掌中老虎，運動神經真棒，真的有夠厲害。」

「還有屁股好小——」

在邊喊著好小邊起鬨的男生裡，只有竜兒一個人認為大河很有可能踩到綻線的褲腳摔倒。而且他也注意到実乃梨又做出可愛的動作——一邊拍手一邊跟著大河，嘴巴說著「就是這樣、就是這樣，大河幹得好！」——竜兒凶惡的雙眼帶著灼熱的單戀心情，更加危險地閃閃發光。他連忙搖搖頭。

大河等到吸引三個人包夾，便從腳與腳之間地板傳球——

「嘿！蠢蛋吉！」

「咦～～？」

這是大河專門用來叫川嶋亞美的怪綽號。

「喔喔喔！亞美！是亞美！」

「超可愛的！天使！超美的！名模！」

「亞美的體育服打扮也超可愛、超美的！呀——！」

原本倒在地上的臭男生紛紛起身拍手，大家一起彎下身子，期待耀眼奪目的美少女在球場上活躍。這也是理所當然的，畢竟亞美可是女高中生兼專業模特兒，皮膚又白，臉蛋又小，漂亮地鑲在臉上的大眼睛也像寶石一樣閃閃發光。身穿體育服的修長站姿，讓她看來像是突然來自森林深處的美麗妖精。

意思就是說，她是眾人公認的超級美女。連熟知她的個性有多麼難搞的竜兒，視線都不禁為纖細的身材所吸引——

「唉呀，不行，人家現在的指甲很長，不能碰球～會折斷的～」

亞美扭著身體，噘起櫻色嘴唇發出甜膩的聲音。然後她用左手撫摸臉頰，右手以丟垃圾的姿勢把球丟還大河。來不及接住的籃球在大河腦門彈了一下，回進對手手中。

「咿……」大河發不出聲音，用手按著腦門。天不怕地不怕的亞美還在一旁說風涼話：

「對～不起！唉呀，慘了慘了，逢坂同學是不是因為剛剛的衝擊變矮了～？大事不妙了～好像變得更矮了……啊、原本就這麼矮嗎？就．是．這．樣！開玩笑、開玩笑的！」

呵呵呵！亞美露出裝可愛的微笑，在她背後——

「唔——！妳在搞什麼啊！亞美大笨蛋！」

「実乃梨，放棄的話就代表比賽結束囉，不是嗎♡」

「說什麼傻話！看我的厲害！」

実乃梨跑過亞美身邊時，半開玩笑地搔搔她纖細的脖子。「呀嗯～」亞美不停扭動身體。緊接著摸上她的喉嚨的人——

「妳這個垃圾在搞什麼鬼？蠢蛋吉大白痴！大笨蛋！笨章魚！裝迷糊的冒牌吉娃娃！壞心眼！人格有缺陷！死變態！我要妳的命！」

「唔咕……咳咳！」

大河怎麼可能對亞美方才的攻擊坐視不管？她立刻毫不留情地還以一記錐心刺骨的「地獄戳喉」。喉嚨總不可能經過鍛練吧？於是亞美搖搖晃晃跪了下去。

「嘿！小実！球給我給我！」

「嘿！蠢蛋吉！再來一次！」

大河從実乃梨手上接過籃球之後，立刻瞄準跪倒在地，還在咳嗽的亞美。球以驚人的準確度畫出弧形，「乓！」砸到亞美的腦門，再度彈進對手手裡。

「大河——！妳在幹什麼——！我生氣囉！」

「不是我，剛才是蠢蛋吉的錯。」

「咳咳……討厭～逢坂同學，妳～～……」

亞美勉強站起來。即使事到如今，真不敢相信她的天使美貌依然帶著清純的微笑。看到做作女的模樣，連大河也害怕地後退一步。一臉笑容的亞美開始逼近大河。

儘管眼前的光景這麼恐怖，在遠處眺望的男同學雙眼早已被高聳入雲的妄想遮蔽。

「好～可愛的笑容～亞美果然是天使……」

「喔——喔——掌中老虎踩到褲管摔倒了……」

「亞美順勢騎在老虎身上，真好，我也想被騎……」

「騎在身上，感覺有種說不出的棒……」

「從下方的視點就是……」

唯有竜兒一個人知道一如往常的血腥爭鬥又開始了。亞美伸長手臂勒住大河的喉嚨，大河的手指由下往上戳向亞美的眼睛，兩人的聲音響徹體育館。女生也沒有心情繼續打球，有的想要拉開兩人、有的逃跑、有的搧風點火、有的不管閒事，總之就是一片混亂。而在這個有如地獄的畫面之前——

「喂，大家都喜歡亞美吧？都覺得她很可愛吧？至少我是這麼想。」

脫色的髮尾還殘留暑假金髮（評價糟透了）痕跡的春田突然出聲。他撥動看了就煩的長頭髮，以平常難得一見的認真表情，熱情抱住竜兒的肩膀。「噁心死了！」竜兒連忙擺脫他的手。此時在球場上翻過身來的亞美不知道發生什麼事，發出瀕死的「嘰嘰嘰」叫聲；另外一邊，春田也同樣遭到眾人處以「集體彈額頭」之刑。

「裝模作樣擺出什麼悠閒的樣子？春田少囂張了！」

「說什麼蠢話？別打擾我和亞美的甜蜜時光！」

春田壓著通紅的額頭，依然不打算放棄自己珍藏的謎樣想法。

「痛死了……可是你們也有同感吧？大家都很愛亞美吧？」

「亞美當然很可愛啊！」

「可是不曉得為什麼聽到春田這麼說，我就覺得一肚子火。你幹嘛叫我的亞美叫得那麼親熱？亞美當然是全班最可愛……不、應該是附近所有學校裡最可愛的！」

「啊，說那什麼話？告訴你，我可是掌中老虎派！她那副凶猛模樣真是太棒了！」

「咦？那我是香椎派～～！個性溫柔、善於靈活應對的她，應該願意接受這樣的我。」

「既然要說，我覺得木原也很棒……這些話我只在這裡說，別看她那個樣子，聽說她還沒有交過男朋友。」

「騙人！真的假的——？看不出來——！」

身在忙著竊竊私語的男生當中，興奮的竜兒也暗自擁有自己的想法——我覺得櫛枝最可愛。無論岔開雙腳企圖分開大河與亞美的英姿，或是遭到大河的利牙波及，依然繼續說道：「看……一點也不可怕……」的怪臉。

每個男生腦裡都是粉紅色的妄想。春田像是在總結大家的想法：

「因、此！是的～～LADY AND GENTLEMAN！」

意有所指的春田環顧所有人的臉。「哪來的LADY？」「GENTLEMAN是指誰啊？」即使大家這麼說，他也不以為意。

「大家難道不想看看心儀女孩『不同以往的可愛模樣』嗎？譬如女僕裝之類的！不騙人！現在大家都能看到！真的真的！喂，高須也一起來吧！」

朋友口中的「飛時酷」薄荷糖氣味迎面而來，竜兒不自覺地盯著那張臉：

「春田，你還好吧？是不是暑假迷上什麼怪東西？奇怪的藥物？奇怪的媒體？還是宗教？啊，該不會是我拋下你前往川嶋家的別墅，你還懷恨在心，才會變這麼奇怪……」

「的確懷恨在心！可是跟那件事沒關係！我是認真的！呃……好像太大聲了。大家認真聽我說，百合不是說班會要討論校慶的班級活動內容嗎？我、我可是執行委員喔！」

「有這回事嗎……？」

「不知道……」

「然後呢？」

「唉呀！」春田推開反應不如預期的傢伙，站到男生的正中央，叫大家靠過來之後壓低聲音說道：

「所以我們班如果在校慶弄個『女僕咖啡廳』，不就能夠看到女孩子的女僕打扮了？團結起來的男生對上意見分歧的女生，投票表決一定能夠順利超過半數……各位覺得如何？」

喔喔……充滿汗臭味的體育館角落響起一陣低鳴。

「難得春田會想出這麼有建設性的計畫。」

「人生在世十七年，大腦的電源總算開啟了嗎？」

「想必你的爸媽也會為你高興。」

「嘿嘿嘿，隨便你們怎麼說。那麼各位是同意囉？那就這麼決定，大家一致通過『女僕咖啡廳』——」

「等一下！」

黑框眼鏡的盟友・能登擠到春田前面。

「我不是要擾亂，不過比起女僕裝，我個人絕對推薦旗袍！想像一下木原穿著旗袍的樣子……光澤的布料、貼身的曲線、若隱若現的大腿……問你『要不要喝茶～～』！」

啊啊……全體男生抬眼望向斜上方，點了點頭——這也是個不錯的選擇！竜兒也覺得不錯，雖然和同學之間並不是那麼要好，但是想像一下花樣年華的同學說著「你好～～」的模樣，瞳孔便浮現強烈的光芒。可是他想了一下，皺起眉頭說道：

「不，等等……」

彷彿是要和周圍的興奮與自己的妄想切斷關係。

「高須怎麼了？大家現在正高興，你那是什麼眼神？」

「眼中充滿慾望，真是噁心的傢伙！」

這是天大的誤會。竜兒看著男同學的目光，並非掩飾不住飢渴的狂亂慾望，只是正在思考某件事。

木原穿旗袍好看、香椎穿起來也好看、亞美更是不用說的好看、実乃梨穿起來一定超可愛吧？頭髮綁成包包頭……

問題是那個傢伙——大河絕對不適合穿旗袍。

當那副洗衣板身材必須穿著貼身的旗袍站在眾人面前，那個傢伙一定又要開始自卑、陷入吃不下飯的嚴重歇斯底里狀態，到時候麻煩的人是我！然後她一定會囉嗦著要我幫她做胸墊、磨豆漿的。到時候這些可全是我的工作啊！比起旗袍更適合大河，而且還不用牽扯到我的……有了！

「蘿莉風怎麼樣？就是那種有輕飄飄蕾絲的……也不錯吧？」

嘎——！背後的大河還在視線範圍之外大吵大鬧。男生瞬間沉默下來。糟糕，我說的話太過分了嗎——竜兒屏息以待。

「高須……你簡直是天才！」

「這個……值得鼓掌……蘿莉！而且還是哥德蘿莉！那正是我所追求的！」

啪啪啪啪……男生響起一陣低調的鼓掌聲，只有春田一副苦瓜臉：

「等等等一下！我們必須趁現在統一意見才行，別急著發表意見，愈來愈混亂了……那個、那個……我們一開始說了什麼？」

看樣子他的腦容量大概不夠用了——似乎很能理解的眾人對班上第一蠢蛋投以同情的目光。這個時候，正牌天才登場了：

「開個『COSPLAY咖啡廳』不就全部解決了？」

所有男生一起轉頭，視線望向正以中指推著耀眼銀框眼鏡的優等生北村祐作。剪得整整齊齊的瀏海進入下學期之後，角度變得更加銳利，讓他更像丸尾了。讓人好奇怎麼回事的臉和手因為社團活動和旅遊的關係，留有夏季日曬的痕跡。

「就……就是那個～～！就辦那個！開『COSPLAY咖啡廳』就什麼都有了！不愧是北村！丸尾頭果然沒有白剃～～！」

興奮的春田抱住北村的肩膀，北村一點也不在意春田緊貼著自己的腋下。所有人紛紛稱讚北村聰明、摸摸頂著一頭黑髮的腦袋、磨蹭意外結實的手臂。就連死黨竜兒也混在眾人之中，帶著愛與尊敬拍拍他的背，同時面帶微笑在腦中描繪夢想——女僕打扮的実乃梨、旗袍打扮的実乃梨、蘿莉打扮的実乃梨——每個実乃梨都對竜兒淺淺一笑，害羞靦腆地說聲：「好看嗎？」超好看！很適合！好看的不得了！

就在這群處於亢奮狀態的男生之中——

「一切都按照計畫進行……」

站在中間被大家摸來摸去的北村低著頭，嘴角露出可疑的微笑，而且沒有任何人發現有什麼不對勁。「呵呵呵……」正當他在無聲竊笑之時——

「接下來只要等那邊行動就好了……痛！」

「痛！」

「好痛！」

他的頭、隔壁的頭、後面的頭、竜兒的頭，一個一個遭到痛擊。女生的籃球比賽不知何時結束，體育老師肌肉黑說了好幾次大家集合，結果男同學只是興奮地黏在一起，對於他的聲音理都不理。肌肉黑一臉不爽，拿起點名簿狠K男生的腦袋。

「你們這些傢伙，全都給我去喝蛋白質清醒一下！」

「竜兒！這個、這裡！被蠢蛋吉弄破了！」

「喔……」

在回更衣間的走廊上，穿著體育服的大河從竜兒身後飛撲上來，以全身重量拉住他的衣領、勒住他的喉嚨，竜兒瞬間還以為自己看到了地獄之河。差點一片黑的眼前突然出現大河的迴旋踢——事實並非如此。

「你看這裡破掉了！都是蠢蛋吉弄的！」

裂開之後掛在腳上的可憐體育服褲襬。大河為了讓竜兒看清楚，以漂亮的後踢姿勢單腳站立。竜兒忍不住抓住她的腳踝：

「哇！這麼嚴重……用裏布應該可以補好……可是裏布……考慮到伸縮性……或許可以

剪泰子舊的保暖內衣……」

竜兒想起母親的膚色內衣，心裡猶豫不決——只有一隻腳縫上裏布……恐怕會不平衡，乾脆兩邊褲襬都捲起來，可是這麼一來就變成變更制服——體育服也是制服之一。「唔——嗯嗯嗯……」竜兒的眉頭皺得更深。「唔噗！唔噗！」在竜兒前方的大河因為腳踝被抓住而失去平衡，有如溺水似的揮舞雙手，可是竜兒完全沒注意，腦中盡是裁縫剪刀、針盒、體育服和老媽的內衣，他已經進入「竜兒世界」——一不小心踏進去，就會變成家庭主婦。

「等一下～拜託妳不要亂說話行不行？明明是妳自己踩到跌倒、自己弄破的吧～～？高須同學也在場，你也看見了吧？人家可是什麼都沒做喲～～」

亞美為了反駁大河，故意跑到竜兒身邊，可愛的眼睛往上看，在竜兒面前發出撒嬌的聲音。「啥？」竜兒終於回過神，凶惡的眼神看向亞美。就在亞美回以做作女微笑的瞬間——

「啊，好險！差點摔下去！」

「喔！」

不知道是故意還是偶然，大河在空中揮舞的雙手抓住亞美的體育服，剛好就這樣向下拉開幾公分。

就在說不出話來的竜兒以及數名附近的男同學面前，亞美白皙的小蠻腰發出閃光燈般眩目的光芒。「呼～～」亞美定睛看著正在擦汗的大河，發呆了幾秒鐘——

「呀～啊啊啊啊啊啊……！」

她的嘴巴總算有如滾燙岩漿溢上火山口，發出驚人的慘叫。

「哇——！吵死了！」

幾個男同學突然合掌朝摀著耳朵的大河膜拜。被這麼多人看到，亞美的臉頰不知是生氣還是害羞，變得更加通紅。

「妳、妳、妳、妳在搞什麼鬼啊？嚇死我了！」

「噗！蠢蛋吉，照鏡子看一下妳的臉。露出真面目了。」

大河的臉上堆滿嘲諷的微笑。「唔！」聽到大河的話，亞美不禁噤聲，太陽穴爆出青筋，瞬間用力「哼！」了一聲。

下一秒。

「喔……喔呵呵呵呵呵！」

亞美的臉上冒出天使微笑，那副表情簡直像是拿鐵鎚用力敲打鐵板的浮雕。不愧是做作女，竟然能夠做到這種地步，已經堪稱是一門藝術了。竜兒忍不住投以尊敬的目光——

「總之就是這樣，我會把體育服帶回家，下星期前要補好。」

哼！大河莫名其妙地以高姿態下完命令之後便快步離去。不過在她身後還有個蘊含怒意的腳步以極快的速度移動。

「喔呵呵呵，等等我啊，逢坂同學。我們不是還沒說完嗎？喔呵呵呵呵！」

亞美頂著鐵板浮雕臉跟著大河離去。

竜兒不知不覺目送消失在女子更衣室的兩人，感覺好像看了一齣鬧劇。這才注意到──

「……」

「……」

每次一發生這種狀況，就會介入亞美與大河之間調停的実乃梨，現在卻站在有段距離的地方看著兩人……或者該說看著和兩人在一起的竜兒。她從走廊角落的女生當中悄悄探出頭來，不小心和竜兒四目相接，彼此都沒有開口。

「……嗨！」

実乃梨似乎突然想到什麼，用力舉手打個僵硬的招呼。「喔、喔！」竜兒也跟著她舉起手。但是実乃梨沒說什麼，只是舉著那隻手，沿著狹窄走廊的牆壁模仿螃蟹橫行。臉上保持親切的笑容，和竜兒保持相當的距離，也許是不知該怎麼解決舉起的手，她只好搔搔頭……

「嘿嘿嘿，那就……嗯，再見囉！」

說完之後快速衝進女子更衣室。

「……怎、怎麼了？」

竜兒上吊的眼睛閃爍青光，微微偏著頭。在他身後一直看著事情發展的北村，也不解地抱胸思考。

「那傢伙的樣子怪怪的。雖然平常也不是正常人……」

的確不對勁。実乃梨從下學期開學之後，態度一直很奇怪。竜兒的嘴癟成ㄟ字形，他覺得実乃梨和大河、亞美等人一起的時候沒有什麼不同，可是卻對自己保持距離。

暑假旅行之後，兩人的交情應該變得更好了……難道這只是我自己一廂情願的誤會？実乃梨在我的妄想裡還是一樣棒……這不是廢話，妄想終究只是妄想。

竜兒依依不捨盯著女子更衣室的門，直到發現素未謀面的學妹一臉嫌惡又怯生生地看著自己，才連忙跑進男子更衣室。

＊＊＊

「那麼——接下來主席工作就交給校慶執行委員……春田，麻煩你了。」

「ＹＥＳ！」

聯絡事項傳達完畢之後，班長北村走下講台，把班會的主席讓給春田。兩人私下互相投以意味深長的眼神，在身影交錯的瞬間——「交給你了。」「交給我吧。」兩人面帶微笑拍拍彼此的肩膀。

話雖如此，校慶活動執行委員並非只有春田。

「亞美——加油！」

「哈哈哈，我會加油的——♡」

先一步踏上講台的春田射出低級的視線。沒錯，在全班的視線與加油聲中，以優雅的腳步踏上講台的人正是亞美。

五月轉來的亞美，是班上唯一沒有擔任過任何幹部或職務的人，因此在某位單身女「感覺她很適合」的獨裁之下，亞美受命成為校慶執行委員。對於猜拳猜輸不甘不願上任的春田來說，這個好運氣讓他腦袋裡原本就不夠的螺絲又掉了幾顆。

「我第一次當主席，好緊張喔～～一起加油吧，春田同學。」

「嗯～～加油！」

春田和亞美並肩站在講台上，開心地與亞美相視而笑。竜兒仰望好友沒出息的表情，和大家一起苦笑拍手。班會還算熱鬧，男同學之間也彼此交換鬼鬼祟祟的眼神。

知道嗎？

當然知道。

竜兒也點點頭，帶著微笑回應其他人的視線。這場班會的最終目標只有一個，那就是「ＣＯＳＰＬＡＹ咖啡廳」。

「幹嘛一直笑啊?好噁心。」

「唔喔!」

竜兒嚇得差點跳起來。在他沒注意的時候，大河縮起來的身影已經像小老鼠一樣抱住竜兒的桌子。

「妳……妳在幹嘛?現在還算是上課時間耶!」

大河俐落地縮成一團，瞇起大眼睛抬頭瞪向竜兒:

「別問那麼多，快把『那個』拿出來!」

只見很不耐煩的她咬著纖細的指節，高傲地伸出下巴。

「『那個』?什麼『那個』?」

「就是中午沒時間吃的『那個』。」

這麼說來，大河稍早曾經說了一句「等一下我一定會吃，你負責幫我顧好!」就把跟便當一起帶來的沉甸甸水果保鮮盒，原封不動還給竜兒。

「妳現在要吃?」

「是啊，我現在要吃，現在剛好有時間。」

「有時間……現在可是上課……」

「少囉嗦——!快點給我，雜種狗!還在那裡慢吞吞的，要我揍你一拳嗎?」

好狠——周圍的男生開始發抖，同時以擔心的眼神偷瞄竜兒，竜兒可以感受他們投來的無形壓力——「拜託，別在這種重要時刻惹麻煩！」的確，如果大河知道男生的計畫，一定會毀掉一切、毀掉所有相關事物，這就是掌中老虎的天性。不，即使她什麼都不知道，只要「麻煩製造者」大河靠過來，計畫就一定會失敗，這就是「麻煩製造者」的威力。光是這個傢伙一接近，命運之輪就會偏離軌道，甚至遭到破壞。既然這樣，我還是趕快把她要的東西給她，讓她快點離開這裡。

竜兒翻翻書包，從布包裡拿出小型保鮮盒。這個看起來很復古的布包（雖然造型復古，花樣卻很時髦。藍黑的底色搭配隨手畫上的黑色、白色幾何線條），是前陣子在郵購上看到覺得很喜歡，所以買來用的。「哇喔——」大河像外國人一樣噘起嘴唇，眼裡閃著光芒：

「快點！」

她著急地搖來搖去。我已經拿出來了，還要快點幹嘛？

「快點打開！」

「我、我？」

「那個保鮮盒很難開，我每次都會弄翻。快點打開！」

真任性——只是現在可沒閒工夫抱怨了。竜兒依言打開保鮮盒，裡頭裝著大河最愛的芒果。大河就像小孩一樣握住小叉子，眼睛看著保鮮盒，準備插起芒果。

「為什麼妳要在這邊吃啊！」

「省得我還要把吃完的空盒拿給你啊。」

至於講台上——

「那麼！我們快點進入正題吧！現在要討論的議題，就是今年校慶我們二年Ｃ班要推出什麼活動！」

臉上閃著油光的春田八成是興奮過度，只見他的雙手抓著講桌，視線俯看台下的同學。亞美則是只有臉上掛著笑容，手拿著軟管擠出護手霜之類的東西抹在手上，按摩自己的手指。說得簡單一點，就是一點也不關心。大河靠著竜兒的桌子，拿著小叉子認真想要戳起滑溜的芒果，根本沒把春田說的話聽進去。「給我回去妳的位置上吃啦！」即使竜兒邊說邊推她的肩膀，她依然不為所動。

對於議題毫不關心的人並非只有亞美與大河，女孩子差不多都是一樣。有的趴在桌上睡覺，有的在桌子底下看雜誌，還有人雖然面對講台，耳朵卻掛著白色耳機聽音樂。不過這些安靜不出聲的傢伙都還算好，因為還有一些坐沒坐相的傢伙正在說些「可以什麼都不要做嗎？」「總之春田不要太想出鋒頭了！」的冷言冷語奚落春田。

妳們這些人根本一點也不適合「哥德蘿莉」——這是竜兒心裡的想法。即使最後決定要辦「ＣＯＳＰＬＡＹ咖啡廳」，妳們也沒資格穿輕飄飄的可愛衣服。當然也不適合旗袍或女僕裝。妳們只能做內場……不、等等，咖啡廳的內場就是廚房，可以交給那些人嗎？不行！竜兒一個人左右搖頭。不管廚房還是洗碗槽，都需要我來好好管理才行……他再度陷入「竜兒世界」——在他腦子裡盤旋的場景是大吵大鬧的校慶、混亂至極的廚房、殘留在流理台的廚餘、灰濛濛的不鏽鋼流理台、髒兮兮的排水口——不准碰！別多事！全都交給我！我會把它們全部搞定的！

現在不是沉醉在幻想之中的時候——竜兒終於回過神來，台上的春田已經準備提案了。

「嗯——有沒有人有意見？沒、沒有嗎？如果沒有——」

開「ＣＯＳＰＬＡＹ咖啡廳」……

正在當事人打算自己出馬，拿起粉筆寫黑板之時。

正當全體男同學興奮地握緊拳頭之時。

正當大河在竜兒的桌子角落，「啊——」張大嘴巴、皺起鼻子（不知道為什麼連眼睛都閉上了），準備把芒果塞滿嘴之時。

正當竜兒心想「糟糕，芒果汁流出來了！」而遞面紙給大河之時。

「人～生～十～七～年～……」

被火焰包圍的本能寺，踩著舞步的織田信長（註：本能寺之變：日本戰國時代的一方霸主織田信長在遠征停留本能寺的途中，遭到部下明智光秀起兵造反，死於本能寺）——不是，而是実乃梨看見班會無人開口，於是便想要說些什麼。她彷彿背負著火焰，魄力十足的轉圈，帶著有所覺悟的表情緩緩起身。

「意見嘛……」

忸怩！

害羞的臉上一片通紅。不好的預感有如閃電劃過男生同盟。在某種意義上，実乃梨比「最強」、「最凶」的掌中老虎更危險，因為她是能夠隨意操縱「最強」+「最凶」的可怕怪物．大河的馴獸師。

忸忸怩怩的馴獸師害羞地在桌上畫圈圈：

「嗯，那個，不是說我想辦啦。不對，應該說，其實我還滿討厭的……呃，可是我覺得，如果大家可以玩得很開心，不是很好嗎？大家都說很有趣，所以說，雖然我不喜歡，可是……有人有個很棒的想法，不不不，我是很不在行，不過大家都覺得不錯，對啊，就是『那個』……鬼、鬼……唔！」

唔．哇．啊．啊．啊……全班一致沉默地後退一步。滿臉通紅的実乃梨扭動身子，沒想到竟然開始流鼻血。瞬間萬籟無聲——因為實在太恐怖了。亞美一不小心在講桌上擠出十公分的護手軟膏；「啊……啊啊！」大河張開的嘴巴定在原地，手上的芒果掉落；竜兒迅速伸手接住芒果。

「呼……咕……嘿嘿……鼻血流出來了……討厭，你們別誤會，我不是要提什麼奇怪的意見。只……只是啊，我……那個、那個、該怎麼說，就是想提議鬼、鬼……鬼屋……」

流個不停……教室裡的人都能看到用面紙按著的鼻子不斷流出紅色鼻血。即使用面紙壓住鼻子，鼻血依然伴隨笑聲溢出「呼嘿！呼嘿！呼嘿！」——看起來她真的很亢奮。

沒救了。所有人不發一語，以傷腦筋的表情仰望這位莫名其妙的同班同學。

「櫛枝，夠了。妳自己的身體會撐不住。」

「什麼——？」

在凍結一般的寂靜教室裡，有個人站起來——那個人就是北村。

他的眼鏡閃爍光芒，刻意壓低聲音，避免刺激実乃梨。只見他弓起背，一點一點拉近和実乃梨的距離。

「咕、咕、咕……」

睜大眼睛張開雙手揮動，模仿雞的模樣走過去，企圖讓実乃梨冷靜。実乃梨的視線離不開姿態詭異的北村，只見她擦掉鼻血，不可思議地瞪大眼睛，凝視逐漸接近的北村。

「咕、咕、咕……好乖好乖……來吧，櫛枝，和雞爺爺一起去保健室吧。得讓妳止住鼻血才行啊？別擔心，雞爺爺會好好幫妳發表意見。」

実乃梨的眼神變得有點奇怪，就像中了催眠術。

「真、真的嗎……？」

「是啊……咕、咕……來吧，過來這……邊！」

北村的雙手以快到看不見的速度，抓住呆站在那裡的実乃梨肩膀。大家都以為這下子抓住実乃梨了，沒想到下一秒——

「想用速度贏過我嗎？太愚蠢了……」

「咕……咕咕！」

「北村同學，我早就看穿你的企圖了……你未免太小看小実了！來吧，表演開始！」

「櫛、櫛枝……？」

「所有人都不准靠過來！如果誰敢輕舉妄動，我就把這個……」

果然，本班最強、最凶又「最狂」的人，應該是櫛枝実乃梨。

「插進去……喲……！」

実乃梨從北村身後緊緊抓住他的雙手，嘴角浮現一抹淺笑。她的手擺出手槍摸樣，食指對準北村褲子底下的屁眼。如果真的插進去，那就不妙了！

「櫛枝！妳不要做傻事！」

春田在講台上大聲疾呼。

「春田住手！櫛枝是認真的！她的握力可是超過50！」

成為人質的北村，眼鏡已經滑落一半，開始要求春田不要插手。二年C班的每個人都是一副驚訝的表情。竜兒與大河眼睜睜看到有人挾持人質，但是什麼也不能做，只能張大嘴巴。「登、登、登、登～～♪」不曉得是哪個傢伙開始哼起《大搜查線》的主題曲。教室裡有案子發生了！氣氛變得愈來愈緊張，可惜英雄並沒有現身。実乃梨環視班上同學的蠢樣子，嘴角邪惡地微微上揚。

「唉呀——我也不打算毀了北村同學的下半身……我的條件只有一個！就是校慶時我們班辦鬼屋！」

「唔！」

也許是因為実乃梨在他耳邊大喊，還是害怕下半身遭受攻擊，北村忍不住嚇得跳起來。動彈不得的春田咬著嘴唇，教室響起陣陣嘈雜——大事不妙了！

「妳是說鬼屋……？」

「唔！遜斃了……」

「不但遜，又很麻煩……」

「而且我一點興趣也沒有。」

「都已經高二了，還玩什麼鬼屋。」

「櫛枝的提議很糟！超糟！」

女孩子說的沒錯，再加上男生同盟一心朝著「COSPLAY咖啡廳」前進的強烈慾望，當然不允許在這種時候出什麼差錯。

「要我接受櫛枝的條件，我辦不到。」

「嗯，贊成。」

「北村，你只好為大家犧牲了。」

「永別了。」

「掰掰——丸尾——」

所有人都對著北村揮手。北村的淚水沾濕鏡框，噁心地流到脖子。

「各位，你們怎麼這麼無情……可是！我北村祐作受命擔任班長之時，早已有覺悟拋開自己、為各位犧牲了！」

「喔……？」

「來吧，櫛枝，動手啊！來來來！如果插進我的祕孔能夠滿足妳，那就隨便妳！」

北村抬起屁股，看樣子他已經做好覺悟了。実乃梨露出悠哉的笑容：

「真有覺悟啊。年輕太美妙了，北村同學……既然如此，你就給我咬緊牙根！」

喀！実乃梨用力折響手指關節，北村像是下定決心般地夾緊雙臂、閉上眼睛。全班同學無法正視眼前情景，紛紛轉開視線、摀住耳朵，想要避開悽慘的光景。

「哼……我話先說在前頭，損失的可不是只有我。櫛枝也是，從妳心底湧上的慾望之火即將就此消失……」

北村不甘心、又有些自豪地對実乃梨如此說道。這樣算是同歸於盡，對！沒錯，只要這麼做，應該就能讓実乃梨撤回提案。

只是太天真了，大家都太天真了。

「損失？那是另外一回事了。你們是不是誤會了？你們以為只有北村同學一個祭品，就能打發得了櫛枝嗎……？」

「什、什麼！」

「那麼……『下一個』活祭品是——誰——呢？我插——！」

実乃梨的手指隨著慘叫聲一口氣攻向北村，北村的眼前瞬間浮現走馬燈。如果実乃梨不會改變心意，北村就算白白犧牲了。

咚咚咚咚……就在手指即將擊中目標前的零點幾秒。

「出來吧——！『影子軍團』！」

春田一面大喊一面舉起手來，指向教室後方。

雖然沒有人邊喊「咿——！」邊衝出來，不過被指名的方向，有數名男生同時站起。

「影、影子軍團？啊啊啊——！」

他們以極快的速度救出北村，並且以十足的魄力將実乃梨抬起來。
「你們在做什麼！嘿！放開我！我不屈服！不退縮！即使櫛枝不在，鬼屋依舊長存人心……呀啊啊啊————……」
影子軍團扛著鼻血狂流的実乃梨，快速奔出教室。実乃梨的叫聲愈來愈遠，終於被送到聲音傳不過來的地方。原諒我——竜兒緊握顫抖的拳頭。
櫛枝，原諒我不能出手幫妳。這一切的一切，都是為了看到妳的變裝打扮。
「小、小——実！你這個蠢蛋！蠢蛋，你把小実帶到哪裡去了！」
一直在旁邊觀戰的大河緩緩起身，伸手指向春田。
「ＭＯＲＧＵＥ！想用暴力解決事情的傢伙，最適合待在那裡！」
「你說什麼——！」
聽到春田簡潔的回答，大河用力吼了回去，又馬上縮起身子蹲下⋯
「竜、竜兒！『ＭＯＲＧＵＥ』是什麼？」
「就是放置屍體的地方。」
「屍體……這麼說來小実已經……」
「喔！」
刺！不曉得她為什麼偏偏挑在這個時候，拿起叉子插住剛才掉在竜兒手上的芒果，就連竜兒的手也被叉子插到。竜兒按著受傷的手趴在桌上，大河若無其事地將芒果放進口中，一邊咀嚼一邊說「小実才不會到那種地方——」看起來一點也不擔心。

另一方面，春田重新環顧実乃梨不在的教室——北村平安無事，礙事者也已清除完畢，這下子總算能夠回到主題。

「那麼……礙事者已經排除，我們繼續吧！校慶的班級活動，我有個主意！那就是我們來辦COSPLAY——」

就在這時候。

「啦……啦啦啦啦啦啦……啦……啦啦啦啦……」

「誰、誰在唱歌……？」

春田的話再度被人打斷。有個人抱著膝蓋坐在教室一角，忘我地朝向空無一物的空中哼著歌曲。

她的名字叫單身……不對，是班導．戀窪百合（30歲）。

「……不給做喲……」

單身（30）隨著年齡增長，臉似乎也跟著圓了一圈，緩緩抬頭環視自己班上學生。遮掩身材曲線的膚色寬鬆棉褲、蓋住蝴蝶袖的膚色V領針織衫，還有隱約可以窺見包裹腳踝的膚色絲襪——因為粉紅色、藍色、綠色這些顏色，是二十多歲年輕女孩的專屬顏色。附帶一提，不行有蕾絲，不行有荷葉邊，也不行有緞帶、百褶裙，或是露出膝蓋。好慘！這就是戀窪百合三十歲的人生。

沒錯，三十歲——單身（30）的目光不知不覺飄向遠方。

我為了讀大學才來東京，不理會那些不上課只知道玩的朋友，一個人認真研修教育學程。畢業的時候正好是就業冰河期的最高峰，和那些寫了數以百計的履歷表全部都被打回票，在畢業前夕還沒找到工作，甚至說出「乾脆延畢到找到工作吧！」的同學相比，當時的我幸運突破超級難關，通過教師考試。從那個時候開始，我便認真工作直到今天，還當上了導師。學生家長對我的評價也不錯，以現在這個景氣來說，薪水比起三流的ＯＬ好上很多（起碼付得起十萬圓的房租！）（還可以在暑假的時候和母親一起去香港旅行，還買了艾瑪仕的GARDEN PARTY系列包！）

學生時代的朋友一個接著一個結婚，關於這點我也習慣了。因為她們始終是冰河期世代（註：日本泡沫經濟瓦解，畢業之後很難找到工作的世代。大約是在1970年代到1980年代初期誕生的一代）的普通大學畢業生，當然只能到一些中小企業工作。上頭的人是泡沫經濟世代，後面又有新泡沫世代（註：日本企業在2006年之後開始大幅採用新人，形成與先前冰河期找不到工作完全不同的就業市場，因此又稱新泡沫世代）的人想要擠進來，身為一個派遣人員，當然想要抓住一些「確定」的東西。這些事我都能夠想像，也十分了解身為公務員的自己有多幸運。

現在的我已經不著急也不嫉妒，因為我是個大人，再怎麼說我「只有」三十歲而已。到了三十歲才突然發現，原來三十歲是這麼一回事。

然而，只有一件事。

聽說老家和我同年的表妹，她的小孩明年要上國中了。昨天母親特別打電話告訴我這件事，我明明不想知道，鄉下人就是這樣……

不過就是國中嘛。

如果我明天生小孩，等到我的孩子上國中，我已經四十三歲了，就是這樣嘛。再說生小孩這種事，又不是明天、後天、下星期說生就生，不過就是這樣……沒什麼大不了的……

「不給做……不給做……不給你們做……」

單身（才30！）彷彿就像在雪中橫越八甲田山的訓練兵（註：引用自日本於1902年發生的「八甲田山雪中行軍遇難事件」。兩百一十名參加雪地訓練的將士當中，有一百九十九名遇難），一步一步尋求看不見的未來，走到春田與亞美並肩站立的講台。

「百、百合老師……？」

「閃開！」

單身（不過30！）用屁股撞開春田與亞美，「咚！」一拳打在講桌上，以陰險的眼神俯看全班：

「不給你們做什麼有趣的事……！」

嘴裡吐出一句不像老師會說的話。

「咖啡廳……？不准！播放自己拍的電影……？不准！自創劇本的戲劇……？當然不准！組樂團開演唱會……？啊——！這是全日本最糟的提案！反正那種只熱鬧一天的事情，只不過是幻覺而已！再怎麼交往，反正還沒到聖誕節就分手了！身為班導的我，希望各位同學看清楚現實的殘酷！一直念女校的我，完全沒有什麼開心事，總是遇到痛苦的現實！所以不給做……絕對不給做……！知道什麼是『就業冰河期』嗎？超痛苦的喔！履歷投了上百家，卻沒有一家願意錄用……！好不容易錄取了，也不過試用個兩三個月，就通知你沒有職缺而取消！這些有的沒有的經驗，讓我的心飽受挫折，扭曲我的人格。即使順利找到工作，從大一春天交往到畢業的男朋友也會說：『妳的人生似乎很輕鬆啊，真好。咦？買車了？嗯，公務員的工作真是棒，真羨慕。薪水多少？喔——不過那些錢是我們繳的稅金吧？哼！』然後就這麼把我甩了！咿——咿——咿——咿——！」

看不下去了！再這樣下去班導（淚之30歲）就要變成妖怪了……春田一彈手指，影子軍團再度現身。

「我為了當公務員拚命努力有什麼不對啊————……」

被抬起來的班導直接送到「ＭＯＲＧＵＥ」。看樣子春田今天是玩真的。

「咚！」就在這時，有人輕輕敲了教室的門。北村按著平安無事的屁股，快速起身從窗戶縫隙與別班的普通男生——應該是學生會的人說了幾句話。

「傳令辛苦了！路上小心！」

北村一邊敬禮一邊目送他離開（不會是翹課吧？）接著硬是介入講台上的兩個人：

「學生會來電！就在剛才，校長與主任達成決議！」

來電……？明明就是派人送來的……北村對著偏著頭的班上同學大喊：

「今年的校慶將舉行——班級對抗！將會對於每個班級所舉辦的活動進行人氣票選，這個成績還要加上『校花．班草比賽』的積分，第一名的班級將能夠得到豪華獎品！簡單的圖解就是這樣……」

興奮過度的北村開始在黑板畫起神祕的圓形和箭頭。「看不懂啦！」全班一起吐嘈他。

「呃，回到主題！獎品就是這些！」

喀喀喀！他以驚人的筆力在黑板留下鮮明的粉筆痕跡。

一、原本預定在明年更換的最新型保濕冷氣，優先於本月裝設。

二、在今年度於教室裡設置冰箱。

三、開放禁止學生使用的廁所電源。

四、不用分派外掃區。

五、狩野屋超市的折價券。

台下開始騷動不已……原本沒有什麼意願，心想校慶隨便弄一下就好，直到剛才還懶洋洋撐著臉的女孩子——

「……不想要冷氣嗎？」

沒錯，女孩子總是討厭乾燥。

「……不想要冰箱嗎？」

沒錯，女孩子總是喜歡冰涼的布丁與果凍，沒喝完的飲料、果汁也可以冰起來。

「……不想用廁所的電嗎？」

沒錯，女孩子總是想在廁所裡用電捲捲頭髮。

「……想打掃嗎？」

沒錯，女孩子總是討厭掃廁所。

「……不想要超市的折價券嗎？」

這是竜兒的最愛。狩野屋超市雖然離竜兒家有點遠，品質卻是這一帶最好的，販賣的商品種類也很多。因此售價要比其他地方貴一點，所以竜兒超想要狩野屋的折價券。他不知不覺伸出舌頭舔了一下嘴唇，甚至沒注意到在下面吃芒果的大河正以一臉厭惡的表情望著他。

「不好，這下不妙！這下子真的有點想贏了！」

「我想用電捲！絕對要用電捲！」

「呀～～！啊～～！」興奮的女孩子幾乎全體起立，尖聲說個不停。「現在情況似乎有點不妙……」春田雖然有幾分退縮，但是亞美完全無視他的存在：

「好——好了好了，那麼就請各位提出意見吧？我來寫在黑板上……祐作，你擋住了，快點讓開。」

亞美把北村趕離講台，毫不留情地把北村寫在黑板上的字全部擦掉，臉上帶著天使笑容轉頭說聲：「請大家提出意見——♡」氣勢雖然敵不過吵吵鬧鬧的女生，不過先講先贏，於是能登鼓起勇氣說道：

「我——我我我！我提議『ＣＯＳＰＬＡＹ咖啡廳』！」

總算……說出來了！包括春田在內的所有男同學響起一陣掌聲。然而——

「咦——————！」

亞美還沒寫完，女孩子便噓聲大作。

「太宅了吧？不好、不好不好！不好————！」

「而且一定會和其他班重複！」

「我——反——對——！」

「再說男生要ＣＯＳＰＬＡＹ什麼？彈塗魚嗎？」

「你們是打算讓亞美穿色色的衣服，在旁邊看得很高興吧！」

「好色——好色——！」

「變態！去死吧！」

能登被女生罵了一頓，幾乎快要哭出來。

「對了，就讓男生負責外場，我們女生負責內場，開間『牛郎俱樂部』如何？」

香椎奈奈子撥攏微卷的頭髮，以快要融化的聲音說道，嘴角的黑痣讓她充滿高中生沒有的女人味。「好主意！」麻耶也跟著拍手附和。

「不愧是奈奈子，說的好～～！真是超棒的主意！就來開『牛郎俱樂部』吧！」

嗯嗯嗯，牛郎。亞美邊說邊在黑板寫下漂亮字跡，整個氣氛正在往危險的方向前進！男同學戰戰兢兢的目光游移不定，但是接下來才是真正的試煉——

「要不然乾脆開『人妖酒吧』？這個絕對有笑點！」

……這不是「試煉」是什麼？

「啊、說的好——」

「如果要開『牛郎俱樂部』，沒有帥哥大家就不會捧場了——」

「看來只有走搞笑路線了——」

「高須同學的女裝打扮一定超受歡迎——」

「我、我……？」

一臉驚訝的竜兒開始發抖。「噗！」講台上的亞美看著竜兒的臉，忍不住笑了出來。大河仍舊占據桌子一邊，厭惡地說道：「一點也不好笑……大家太不了解竜兒這張臉的實力了。竜兒放心，我絕對不會讓你穿女裝。」大河莫名冷靜的態度，再度傷害竜兒。

可是事情還沒結束。平常只和自己人往來、在教室裡也不太顯眼的腐女軍團之一，竟然開心地站起來說道：

「比起女裝，不如開『ＢＬ咖啡館』吧？管家攻，以及有點傲慢的服務生受，時而憎恨、時而相愛地招呼客人……這樣如何？啊！我說出來了！」

「嗯、嗯、啥——！一下相愛一下憎恨地招呼客人……可以具體說明一下嗎？」

「要不然就再戲劇一點？」

「啊、這個主意不錯，不愧是貴腐人的第一把交椅！真是了不起！」

「厭倦隨波逐流的腐姐妹們，緊緊跟隨姥姥吧！」

「姥姥，妳說的就是所謂的『ＢＬ劇場』嗎？」

「呀——！啊！攻是誰？誰是攻？講話要畢恭畢敬嗎？眼鏡呢？白衣服嗎！」

「劇本還是要請寫手姥姥下筆！」

「呀——！全新力作——！禁止拿去Yahoo!拍賣喔！」

連辣妹軍團也被腐女軍團吞沒，根本搞不懂她們在說什麼，卻莫名其妙一起拍手。「就這麼決定了吧？」、「這個不是很棒嗎！」女孩子的勢力持續增長，其勢銳不可當。只聽得見尖叫聲在耳裡迴響，已經沒有哪個男同學能夠開口，就連北村也摀上耳朵、閉上眼睛，一個人到其他世界神遊。春田倚著講桌站起來，痛苦地開口：

「再這樣吵下去也得不到結論！既然這樣，就用投票來決定吧！全體同學快點在紙上寫下想開的店！寫好之後傳到前面來！放進便利商店的袋子裡！」

為了打破濃厚的敗北氣氛，春田提出一個絕佳的提案。竜兒把大河趕回自己的座位，理所當然地在紙上寫下「COSPLAY咖啡廳」。其他男同學一定也是相同答案，無論女生多有幹勁，也不過是群烏合之眾。堅若磐石的男生同盟所向無敵！

照理來說應該是這樣……

「很好！大家都寫好了嗎？這些就是全部了？開始搖！接著是抽籤！一次定勝負！我們班上次也是這樣公平決定亞美與老虎的游泳對決！無論是哭是笑，誰都不准有所怨言！這就是結論！」

「好——！」

……只有女孩子的回答聲。

抽籤？

一次定勝負？

這就是結論？

等……當男生同盟起身準備伸手提問之時，滿臉笑容的春田當著他們的面「嘿！」抓出一張紙片。

「結果發表！今年校慶，我們二年C班的班級活動是——職……啥？」

紙片從春田手上啪啦啪啦飄落，身旁的亞美立刻將紙片撿起，開口說道：

「是什麼呢……？這是什麼？職業摔角秀（認真對打）……這是什麼啊——！是誰寫這種東西的！」

「開什麼玩笑——！你們在搞什麼——！為什麼不是『COSPLAY咖啡廳』？」

春田站在亞美身旁大叫。竜兒不禁以冷靜的口吻開口：

「應該要問你為什麼不是多數表決吧……」

沉默了五秒鐘。

「……啊！」

啊什麼啊！全部的男同學都趴在桌上啜泣。為什麼春田會笨到這種地步……果然是走後門進來的……

教室裡一片呻吟，唯有一個人站在教室後方門口獨自竊笑——

「拋棄班導……你們給我記住……給我記住……」

單身（30）。她靠自己的力量從「MORGUE」回到現實世界，帶著一身灰塵、若無其事地把那張紙傳過去，同時靠著莫名其妙的好運讓笨蛋春田抽中。順帶一提，抓著單身（30）的腳踝一起逃出「MORGUE」、在投票前一秒用盡力氣癱倒在地、全身沾滿垃圾的物體正是実乃梨——她的手中緊握來不及投入的紙片，上頭寫著「鬼屋」。

事情演變至此，這下子又該如何是好？

「這件事先擱到一邊！」

春田當作什麼事也沒發生，從亞美手上搶過紙片揉成一團丟到一邊。不過沒有半個人指責他的舉動——等到放學之後班導不在，大家再來好好討論，重新擬定計畫吧。

好了好了，忘掉一切吧！春田再度從講桌探出身子，亞美也稍微整理一下瀏海，在主席身旁擺出天使微笑。

「好——那麼班會開始——！議題是校慶！說到這裡，雖然時間已經不多，不過我們還是必須找出一名代表參加『校花比賽』才行。」

那麼「班草」呢？雖然有人提出疑問——

「聽說關於『班草』的事，校慶當天會有重大發表。話說要選『校花』，不過我們班根本連選都不用選吧。對吧，亞美？」

春田看向亞美，亞美睜大的眼睛好像快要掉出來。

「咦？我？咦咦，什麼什麼什麼？討厭，人家沒跟上話題啦！」

「妳又來了——妳明知只要妳出賽，我們鐵定能拿下『校花比賽』冠軍！」

對於春田這番話，全班沒有任何爭議，一致點頭同意。所有人的想法都認為只要亞美以班級代表身分出賽，一定能夠獲勝。

「咦——？騙人的吧？討厭討厭，不行不行，不行啦——！」

一定會拿下冠軍？這種事早在八百年前就知道了，哈哈哈！亞美的內心放聲大笑，可是做作的外表就像蝦子一樣弓起身子，雙手不停揮舞，往後退的屁股簡直快要撞到黑板。

「我很開心大家有這個想法，可是雖然開心，其實我要擔任『校花．班草比賽』的主持人～～！真是對不起大家，多虧大家還特地選了我～～！」

「什麼——！」悲慘的叫聲撼動教室。亞美的吉娃娃眼神為此而開心不已，更增添一層傲慢的光芒。

「有這種事？我都忘了！應該說根本沒印象啊，原來如此～～！這下子該怎麼辦……？乾脆……不過這樣又很可憐……」

春田看向教室後面瀕死的單身（30歲，一副燃燒殆盡的樣子……）。讓班導代表班上參加「校花比賽」，應該滿好笑的——就在全班認同之時，亞美又開口說道：

「嗯～～春田同學，好像不行耶。比賽規則寫著……今年禁止搞笑，也就是禁止男扮女裝、禁止老師、禁止非班上同學、禁止二次元人物、禁止學生家屬等等，所以必須要從班上女生當中選一個代表……」

剛剛的吵鬧彷彿是假象，此刻的二年C班一片寂靜，所有人都在傷腦筋。

要從班上選出一位最可愛的女孩子，而且還不能是「可愛模範」的專業模特兒亞美。會感到頭痛也是理所當然。在場全體都是「結果論世代」——重視唯一勝過第一、每個人都很好、都很美——成長過程都是接受這樣的教育，因此這些普通人很難分辨每個人外表的可愛優劣……

「我覺得逢坂同學不錯。」

「妳說什麼！」

哼！感覺異於常人的亞美瞇起眼睛微笑，從講台上不懷好意看著台下的大河。完全無視班上喧囂的大河原本正在打瞌睡，此刻卻是跳起來以殺人視線瞪著亞美，不過亞美完全不在意，繼續說下去：

「你們看，逢坂同學這麼嬌小可愛，而且又是人稱『掌中老虎』的校園知名人物，很受歡迎不是嗎？搞不好會意外吸引到不少票喔～～不錯吧！」

「吸引妳的鬼啦！說什麼蠢話，妳這個超級蠢蛋吉？為什麼我非得參賽不可！」

大河的嘴邊因為芒果汁而閃閃發光，踢翻椅子站了起來——

「啊……不過我覺得這個主意不錯。」

「老虎真的很有名……」

「就吸票這點來說，老虎的確是不二人選。」

「閉、閉嘴！」

大河使盡全力放聲怒吼，又讓開始鼓譟的全班同學頓時噤聲。所有人裡唯有亞美仍舊不改笑容，繼續說道：

「咦——？不．可．以．喲，小老虎，妳既然是這個班上的一員，就有義務積極參與班級活動喔♡」

睜眼說瞎話的亞美還拋了一個媚眼，大河的怒火終於被火焰發射器點燃了。

「混帳蠢蛋吉……用嘴巴說聽不懂就算了！我乾脆親自動手解決，不只是校慶，連這間學校也一起從世界上消失吧……！」

不顧抽屜裡的東西掉滿地，大河毫不費力地把桌子扛到頭頂，作勢準備拋向講台上的亞美。包括亞美在內，預估飛行路線上的人們紛紛尖叫撤退。就在此時——

「唉呀，冷靜一點，冷靜一點！派逢坂出賽說不定真的有機會拿下冠軍喔？我個人也覺得逢坂不錯。」

「啊……」

聽到北村的聲音，大河立刻腿軟，高舉頭頂的桌子桌角直擊腦門。自作自受的結果，讓她跪倒在地。

「大、大河！妳還好嗎？」

竜兒連忙幫她撐起桌子，不過已經太遲了。

「……你是誰啊？」

笨手笨腳的程度可以說是世間少有的逢坂大河，已經完全失去記憶。喔……開始發抖的竜兒眼角，瞄到講台上的景象——

「那麼就決定派逢坂同學參賽——！」

和大家一起躲在教室角落避難的亞美大聲說完之後，贊成的掌聲有如浪濤蔓延開來。

附帶一提，單身（努力活下去的30歲）此時已經不在教室。

她早在大家都沒注意到的時候做好正式的活動計畫書，回教職員辦公室提出申請了。不用說，內容當然是「職業摔角秀（認真對打）」，甚至連導師章都蓋好了。

春田那個蠢蛋，以為自己在那裡說什麼先把這件事擱在一旁就沒事了嗎？太嫩了，殊不知教師生活第八年、獨自生活第十二年的單身女子，可是所向無敵的。

2

「家裡有蔥吧……」

「開玩笑的吧？啊——煩死了，煩死了煩死了煩死了，超煩的！」

「青椒好像還有，香菇有點不夠……然後……」

「蠢蛋吉那個混蛋！輪迴轉世時一定要把她打進地獄！」

「……香腸還有兩三根吧……嗯，就拿來帶便當好了……」

「喂，怎麼辦？真的已經確定了嗎！」

「喂，怎麼辦？還是少不了高麗菜絲吧？」

「……」

兩方完全搭不起來的對話說到一半，大河不發一語豎起大拇指。下一秒鐘，尖銳的哀號響徹夕陽西下的天空。

在家庭主婦騎著堆滿購物袋的腳踏車、國中生大聲談笑往來的櫸木林蔭步道上，竜兒跪倒在地。散步中的狗不可思議地聞聞竜兒的味道，飼主連忙用力拉了一下狗的繩子。

竜兒不是被大河（看樣子已經恢復記憶了）踢，也不是被打，更不是被掐。

「……領教到了吧？」

只用一根大拇指，大河不過是用大拇指用力按了一下竜兒左腰的上面一點。只是這個動作，大河的手指就讓竜兒痛苦到眼前一片白。對於被虐待狂來說，應該找不到這麼省事的主人吧？只可惜竜兒不是被虐待狂。

「妳……妳做什麼……！」

竜兒按著依然感到不舒服刺痛的腰，惡狠狠的目光彷彿馬上就要使出可怕的「魔界轉生」（註：日本作家山田風太郎的小說《魔界轉生》裡出現的祕法）一般，瞪視眼前站得直挺挺的施暴者，可是——

「指壓之心即我心，你的穴道即我穴道。」

啪啪啪啪！大河不斷擺出以指壓嚴刑拷問的動作，那股氣勢讓竜兒不由自主發抖並移開視線。到底是從哪裡學來這種招式的？大河俯視害怕的竜兒，心滿意足地瞇起充滿黑暗嗜虐性的眼睛：

「就是因為你不認真聽我訴苦，才會有這種下場。喂，認真聽我說，我真的很苦惱。你的本性雖然是狗，可是如果連心都失去人性，你的人生就真的完蛋了。」

「我不是一直在聽嗎！」

「哪有——！」

「就說我明明一直在聽啊！我不是說了好幾次『放棄吧，偶爾也該參與一下班上的活動嘛』！明明就是妳一直嘮嘮叨叨『可是這！可是那！可是有的沒的！』明明就是妳一直不肯聽我說話，怎麼能怪我？」

「因為人家真的不想參加，有什麼辦法！」

哼！大河一副了不起的模樣從鼻子噴出氣，半瞇著眼睛，桀傲不遜地抬起下巴。淺色長髮在微風的吹拂下，像雲朵輕柔飄在朱紅的空中。雪白的輪廓、薔薇蓓蕾一般的唇，在在描繪出有如陶瓷人偶的精緻線條。竜兒仰望極度不高興的美麗容顏，按著腰緩緩起身。

「妳的心胸真是狹窄。」

說得沒錯！要是沒有剛才的穴道攻擊，竜兒可能還會說些場面話——「北村不也說過妳是最佳人選？」或是「一定會贏的，別擔心」等話來安撫大河。「唔唔……」大河聽到竜兒的話之後，按住胸口、緊咬薄唇、眉頭緊鎖，一臉痛苦的表情。令人驚訝的是，她似乎也覺得到自己的心胸很狹窄。

「活該！」緊追不捨的竜兒繼續說下去：「妳的心根本沒有多餘的空間，妳打算一輩子心胸狹窄地活下去嗎？」偶爾用些言語暴力表現自己也不錯。

大河不甘心地瞪著竜兒，可是他說的話也沒錯，讓她無可反駁。她很痛苦地說：

「什麼嘛，就你自己那麼興奮……」

「興奮？我？哪有？」

大河說出意義不明的抱怨。

竜兒完全不記得自己何時興奮了。進入新學期正好一個月，他完全沒有與「興奮」扯得上關係的記憶……如果大河指的是竜兒的痛處——実乃梨，那更是錯得離譜。竜兒最近感覺到自己與実乃梨微妙的距離感，甚至還曾經一個人在大河不知道的地方陷入低潮，所以大河的話讓他感到幾分火大。

「妳說啊，我幾時興奮了？妳明明什麼都不知道。」

「算了——當我沒說，斑點狗。」

「誰是斑點狗……」

「就是你啦……」

覺得十分沒趣的大河嘟起嘴來，「啐！」了一聲之後轉身加快腳步。

「喂，走了，超市的限時搶購要開始了，你不是要去買豬肉嗎？順便提醒你，一定要買高麗菜……你還在慢吞吞磨蹭什麼？等一下真的讓你去流浪喔，動作快一點啦——」

說些莫名其妙的話拖延時間的人明明就是妳！再說我會走不動，還不是因為妳按了我的穴道！竜兒一句話也沒說，跟在大河後面默默走著，硬是吞下滿腔沒說夠的抱怨，和大河一起走向經常光顧的超市。大河今天晚上想吃「薑汁燒肉」，不過看看超市裡的豬肉光芒，買塊五花肉來滷一下也不錯。至於這兩樣菜共同需要的東西，就是——

「喔，薑已經切好了，也請泰子洗過了……大河，這個月的生活費交出來。」

竜兒小跑步追上大河，走在她身邊伸出手來。

「什麼？現在給嗎？」

「我身上的現金可能不夠買。」

「是是是，小的明白了，大人。」

「妳幹嘛那樣講話……」

每天三餐幾乎都是仰賴竜兒的大河，每個月會給竜兒一萬圓當成材料費，以及各式各樣的生活支出。大河沒有露出不願意的模樣，乖乖從書包裡拿出綴有粉紅色亮片的貓臉錢包，連螢光筆、參考書、講義也一起掉在路上。

「妳、妳啊……也稍微整理一下嘛……」

掉的東西統統讓竜兒去撿，大河看向貓臉錢包裡面。

「啊，得去銀行一趟，錢包裡沒錢。」

這樣不行……她的口中唸唸有詞，自顧自地快步走去。貓臉錢包裡不斷掉出發票之類的東西，全部都由竜兒負責撿起來。

兩人的目標是設有ATM的便利商店。

「啊，關東煮。」

「喔，真的耶。已經到這個季節了。」

兩人一走進自動門，就聞到店內的關東煮味道，通知大家秋天到了。大河聞著關東煮的香味，搖搖晃晃走近關東煮，竜兒立刻抓住她的脖子，將前進方向轉向ATM。竜兒準備邊翻閱雜誌邊等大河，開始望著色彩繽紛的雜誌架，可是才一晃眼——

「咦？為什麼？」

——就聽到嗶嗶嗶的聲音，看到大河不解地偏著頭。

「怎麼了？」

「怪了，沒有錢出來……為什麼？這是怎麼回事？」

「這種東西不要隨便拿給別人看……廢話，妳的存款餘額是零。」

大河把明細表遞給竜兒，竜兒正想轉開視線，那個絕對正確的數字瞬間跳進竜兒眼裡。原來大河的存款餘額是0圓，這樣子ATM當然不會吐出錢來。竜兒低頭看向繃著一張臉，不知所措的大河：

「存款餘額是零怎麼可能領得到錢？真是笨！唉，明天再給我也可以，今天買東西的費用，就由我先付吧。」

竜兒從紅色皮包裡拿出金融卡，毫不猶豫地準備插入ＡＴＭ。至於要問他為什麼，當然是因為便利商店的ＡＴＭ免付手續費——竜兒的家計管理可是零死角的。然而大河伸手阻止竜兒的動作：

「不行！慢著！」

「幹嘛？不用擔心手續費啦。」

「不是！太奇怪了……這絕對有問題！不可能的！」

「就算妳說不可能也沒辦法，沒錢就是沒錢。好了好了，別再吵吵鬧鬧了，會給其他人添麻煩的……」

「因為上星期領錢時，戶頭裡面的確有錢！就算是轉帳，多少也會剩下尾數吧？怎麼可能是零？那個人每個月都會把錢匯到戶頭——原來如此……」

大河突然閉嘴，惡狠狠地瞪視領不到錢的金融卡。

「是我一直不接電話的關係吧……」

「什、什麼？」

「才會做出這種事……」

「啊，對不起……總之我們先把ＡＴＭ讓給別人。走了，我們出去。」

竜兒抓住停下動作的大河，對其他等著要用ＡＴＭ的人道歉之後便離開便利商店。他把大河帶到垃圾桶旁邊，避免擋住其他人。

「妳剛剛說什麼？到底發生了什麼事？」

「真不敢相信他會用這種方式……所以我才這麼恨他……」

大河沒有看向竜兒的臉，低著頭一動也不動，繼續瞪視金融卡。頭髮被風吹上塗了唇膏的嘴唇，她也絲毫不為所動。

「我不知道怎麼了……妳還好嗎？」

竜兒用手指幫大河把頭髮撥開，彎腰窺向大河的表情——不耐煩的大河把竜兒推開，總算低聲說道：

「前一陣子，那個人——我爸爸打了好幾次電話給我，可是我很氣他，所以完全不接，電話留言也全部清除……就是因為這樣，他才把我的生活費戶頭清空……」

「這……」

太過分了——竜兒沒有繼續說下去。

竜兒也弄不清楚到底是跟爸爸要生活費卻不接他電話的女兒過分？還是奪走生活費……或許應該說拿回生活費……總之就是玩弄女兒過活生命線的爸爸過分。竜兒之所以搞不清楚，不是因為爸爸已經不在，而是逢坂家的父女關係本來就是複雜到難以理解。

大河當然認為爸爸很過分。

「混帳老頭……」

大河發出沙啞的呻吟。

「真想殺了你……真的……」

她打算捏爛手上的金融卡。竜兒慌慌張張搶過金融卡，把它收進貓臉錢包。

「怎麼可以對爸爸說那種話！」

這種時候拿出固有的倫理道德當盾牌，聽來只是異常空虛、有種不懂裝懂的感覺。大河或是早就看透竜兒的內心想法，她的眼裡泛著冷光，以嘲諷的眼神瞪視竜兒。竜兒無法反駁，只是無能為力任由她看。

大河外套口袋裡的手機就像是算好時間，因為來電而開始震動。大河抓著手機吊飾，粗魯地把手機拉出來之後打開掀蓋。

「是打來威脅的吧……」

她的視線沒有焦點，扭曲的嘴唇帶著淺笑。光看她的臉，竜兒就知道是誰打來的電話。

「接吧，該講的還是要講，不然沒有生活費怎麼辦？」

竜兒只說了這麼一句，便留下大河走進便利商店。他看了一下雜誌架，又看看大河喜歡的牛奶點心，斜眼望著飲料，同時往擺放零食的走道走去，確認幾個沒見過的新零食，低頭看向收銀台旁邊的關東煮，不過沒有細看裡頭到底擺了哪些東西。

機械式地估計時間，假裝什麼也沒在做地窺視玻璃外面大河的狀況，看到大河闔上手機掀蓋，竜兒知道她講完了。大河端正的臉上露出難看的表情，把手機收進口袋。

於是他以沉穩的腳步走回大河身邊。

「妳爸爸說了什麼？」

竜兒若無其事地開口。他小心翼翼屏住呼吸，盡可能不要涉入逢坂家有如走鋼索的緊張親子關係。

「竜兒，你等一下沒事吧？」

大河把臉轉向一旁，以生硬的聲音發問。

「有事，我要去超市。」

「我去買東西，把錢給我。錢不夠就快去領。你不用去買東西，你要去的地方是車站大樓二樓的咖啡店。記得嗎？就是前一陣子我買包包的店旁邊那一間禁菸的培果店。」

「什麼？」

「不記得了嗎？就是下大雨那天，我們沒帶傘，結果就和小実、蠢蛋吉一起打發時間的那家店，你忘了嗎？你點了咖啡，我吃鮭魚培果——」

「不是那意思……為什麼我不用去買東西？」

「——小実和蠢蛋吉一起吃起司吐司，然後蠢蛋吉說她得了什麼下巴搖晃症，嘴巴張不太開之類的……」

「是顳顎關節失調吧？不，那不是重點，我要問的不是那家店，而是我根本搞不清楚妳的意思。」

「你知道。」

「我不知道。」

「不知道嗎？」

大河吞下要說的話，開始搖頭晃腦，像是在思考該怎麼表達——

「你代替我去那家咖啡店，代替我去見他，然後拿錢回來。沒問題吧？」

竜兒總算搞清楚狀況——

「……我不要！」

「為什麼！」

大河拚命大聲說道：

「你去！別擔心！你一定能搞定！去拿錢！GO！」

不認輸的竜兒用更大的聲音說道：

「我才不要！既然不用擔心，妳幹嘛不自己去？為什麼我非得牽扯上妳的家務事不可！」

「我又不是命令你去，而是希望你去！拜託你去嘛！」

「辦不到！再說妳爸爸又不認識我！素昧平生的傢伙用這張臉告訴他『我來拿你女兒的錢！』妳不覺得很詭異嗎？如果是我，我才不會把錢交出來！」

「你就不會跟他解釋一下嗎？你的嘴巴是長來做什麼用的？還是你的狗腦袋已經忘記怎麼說人話了？」

「妳說什麼？這是拜託人的態度嗎！」

「別鬧了！聽我說——！」

「少開玩笑了——！」

兩人光是比音量還不滿足，就連雙手雙腳也開始推來推去，在便利商店門前比力氣，而且兩個人誰也不讓誰。

「拜託你！拜託你嘛！我從來沒有求過你吧？」

「明．明．就．有！妳明明每天都在求我幫妳！昨天晚上在妳家，妳不是說過『找不到！拜託！幫人家找！』要我幫妳找消失的電視遙控器？我還花了兩個小時幫妳找！」

「你真的很愛計較！怪不得沒人愛！好了好了，快去！好啦！你去嘛！我會幫忙準備晚餐！也會洗所有的碗！明天也洗！後天也洗！所以拜託你……去……嘛……！」

「哇喔！」

咚！大河演出大逆轉，屁股著地的竜兒倒在路過行人的冰冷視線之下。乾脆趁這個機會

逃走吧？不願屈服的竜兒準備起身——

「拜託你……！」

大河說的不是「活該！」、「一開始乖乖聽話不就好了！」而是隱隱約約的微弱懇求。

她的眉毛呈八字形，癟著一張嘴，在竜兒身邊輕輕拉住他的袖子不斷晃動。

「好嘛，竜兒……」

「唉……真是的……為什麼要我去……」

「求求你……」

大河只是可憐兮兮低著頭，白兮的小手一直拉著竜兒的衣袖，直到竜兒點頭。

＊＊＊

大河看到那張稱得上是竜兒自卑來源的照片之時，曾經放聲狂笑。

眼神凶狠、長相凶惡，臉上的表情除了「混混」之外，再找不到其他適當的形容詞。渾身上下散發一般人害怕的不祥氣息，而這些特徵，也完完全全注入竜兒的身體。這個基因的源頭，也是照片中的人——竜兒的爸爸目前下落不明，生死未卜。三更半夜在家庭餐廳看到竜兒爸爸的照片時，大河扭著身體笑到流出眼淚——「這是什麼？太像了！根本就是同一個

模子印出來的！」

現在的竜兒也在心裡想著——既然這樣，我應該也有笑的權力吧？

「啊……這樣啊，我明白了。也就是說，我女兒不願意過來就是了。」

「是……對不起。」

眼前年約四十幾歲的男人，看過大河寫的便條紙，難過地擦拭眼角。他的動作不用說，嬌小的身材除了「小巧」之外，再找不到其他適當的形容詞。只要看一眼就知道「他是大河的爸爸」。

「這傢伙是我朋友，把錢交給這位高須竜兒。大河」——逢坂家的爸爸仔細摺起大河字跡凌亂的便條紙，收進看起來很貴的外套暗袋。竜兒沒有盯著人看的癖好，視線卻不知不覺跟著眼前男人的舉動。這種人真是太少見了，簡直就是第一次見到的人種。

到底是從事什麼工作的人會穿這種衣服，還能在平日傍晚自由行動呢？一條皺褶也沒有的休閒風外套底下是高領襯衫，那件襯衫也發出潤澤的光芒，一看就知道作工細膩。沒有打領帶，而是在脖子上圍著一條類似粗絲的高雅圍巾。這副模樣怎麼看都不像是個普通的上班族，雖然已經確定他是個有錢人……

只是——他的品味並不討人厭。

明明就不識貨，竜兒腦裡卻自作主張地在大河爸爸臉上蓋個合格標記——還可以，還不錯。外表洗練，也沒有不好的感覺，只看一眼就能了解的品味，微黑的膚色也與米色外套非常相稱。這個年紀已經算是「歐吉桑」了，還能打扮成這樣，真是了不起。不過老實說，他並不算型男。與外表秀麗有如洋娃娃的大河相比，即使外表與感覺都不錯，眼前這位時髦的歐吉桑實在很難說他長得帥。

「不好意思，害你幫大河跑腿。嗯，高須同學……我因為很想見大河，所以才會用這種手段……反而被她討厭了吧？」

「嗯……」

「高須同學，你在生氣嗎？」

「沒有，只是眼睛……看起來比較凶……」

「這、這樣啊，對不起。」

正確來說，凶的是眼神不是眼睛。可是大河爸爸聽了竜兒的話似乎安心許多，放鬆原本僵硬的肩膀，臉上第一次露出笑容。正要拿出香菸的手上，戴著看得到精巧結構的鱷魚皮手錶，擦得晶亮的金色錶殼耀眼奪目，為了秀出機械構造而設計成透明的數字雕刻，精緻到令人暈眩的地步。那支錶真漂亮，竜兒不禁想要多看幾眼，不過他帶著幾分遲疑開口：

「那個……這家店好像禁菸。」

竜兒阻止古典造型的打火機點燃香菸。大河的爸爸睜大雙眼，環顧四周一會兒才搞清楚狀況——

「真的嗎？啊，對！啊啊，對！唉呀，原來是這樣……這裡也不能抽菸啊……最近幾乎每個地方都禁菸……唉——被親生女兒討厭，還因為抽菸的關係，沒有容身之地……感覺自己好像遭到全世界討厭了。」

垂頭喪氣的大河爸爸嘆了一口氣，像貓一樣摸臉之後無精打采地收起香菸。

「那……我們出去吧？」

「沒關係沒關係，你的咖啡根本都還沒喝，再說我也是。」

接著他把菜單推向竜兒，手像小鳥一般揮舞：

「既然這樣，點些你喜歡吃的東西吧？看是要蛋糕還是什麼都點來吃吧！」

「不……不用了……等一下就要吃晚餐了……」

「啊啊啊……」

大河的爸爸再度抱頭趴在桌子上。

「啊，不是，那個……嗯，那我就點這個、雞蛋培果好了……」

「真的？不好意思，可以點餐嗎？」

啪！大河的爸爸抬起頭來，臉上掛著笑容。那張臉果然和大河不像，只有圓額頭讓竜兒感到幾分相似。總而言之，大河的爸爸體型很小，搞不好比泰子還小。肩膀也小，招手叫來女服務生的手也很小，修剪整齊的指甲也很迷你。不過竜兒注意到他的指甲好像塗了一層乳液，微微散發潤澤光芒，他不禁又在心中默唸——這個歐吉桑連手指保養都很注重。

「我們要加點，請給他一份雞蛋培果，然後我……鮭魚培果好了。裡面有什麼？有奶油起司嗎？啊，有嗎？那我要這個。要很多很多起司，能夾多少就夾多少，麻煩妳了！」

「你喜歡起司嗎？」

「咦？你怎麼知道！」

渾身無力……竜兒不禁流露平常遇到大河這麼做時的反應——長嘆了一聲，無奈地望著大河的爸爸。「為什麼？告訴我為什麼嘛！」大河的爸爸開心微笑，等待竜兒的回答。

總之，該怎麼說——大河本身所完全沒有的「親切可愛」，看樣子全部在她爸爸身上。明明是個歐吉桑，臉上的微笑莫名親切，圓溜溜的大眼睛不慌不忙地轉動。

「嗯——不過培果啊，嗯……呵呵，這附近有不少時髦的店，都是為了女孩子開的吧？ＯＬ在下班回家的路上，順道來這裡坐坐應該很不錯。店裡面的裝潢也很漂亮，算是北歐風格吧？不少人說女孩子很喜歡這種原木的感覺，站在男孩子的立場看起來又是如何？你會一個人走進這種店嗎？」

大河爸爸突然換個話題。

「不，我一個人不會進來……我最近比較喜歡更高雅的木頭顏色，或者應該說……堅硬樹瘤突起的感覺……又很厚重的……嗯，像是栗樹之類的。」

竜兒不知不覺恢復本來的習慣。「啊，和我的喜好一樣！」只聽見大河爸爸以感嘆的聲音回答竜兒：

「我也是，我也喜歡深色系的木材，譬如栗樹或橡木之類的……這種用仿矽藻土故意塗抹的牆壁，就會想要搭配對比強烈的深褐色，再以照明帶出休閒感。椅子改用粗糙的貨色，廚房也要擺設成能夠秀出所有不鏽鋼廚具的模樣。」

「地板要用鞋子踩上去會發出聲響的厚重木材。」

「菸灰缸選用具有厚重質感的設計。」

「然後桌子上面的吊燈像這樣子垂下來。」

「沒錯沒錯沒錯，好主意！用深橘色系、骨董感覺的燈款！這就是男人的世界！」

就是這樣！竜兒原本打算沒大沒小的回應，連忙吞下要說的話。對方是歐吉桑，而且今天第一次見面，不應該得意忘形做出失禮的舉動。

竜兒輕咳了一聲來掩飾，稍微嘆了口氣。危險！一不小心就被帶進奇妙的世界了。竜兒喝口咖啡讓自己冷靜一下，要自己注意別太多話，但是臉上依然掛著笑容。

只是有一點點開心。因為對方說「喜好一樣」，身為室內裝潢雜誌的狂熱愛好者，能夠有機會和品味洗練的男人談論室內裝潢，真是一刻值千金。

另一方面，大河的爸爸真的那麼高興和高中男生交流品味嗎？剛剛還憂鬱不已的他，現在眼睛卻是閃閃發光，滿懷好奇環顧店內，開心地用拳頭敲敲桌子、敲敲牆壁，探出身子望向間接照明。

仔細想想，這還是竜兒有生以來第一次和這種年紀的男人兩個人面對面。注意到這個事實的同時，竜兒開始傷腦筋接下來該說什麼話才好。可以的話，他希望開心的話題就此打住，趕快把事情辦完早點回家。但是大河爸爸仍然一副興致勃勃的模樣，手裡拿著桌布看個不停，把菜單翻前翻後仔細研究，站起來凝視裝飾用的明信片，低聲喃喃說道：「啊，原來是照片，我還以為是畫。」

這個樣子該怎麼說？很自我嗎？

「對了，趁我還沒忘記之前把今天的重點交給你。啊——計畫失敗，大河很生氣吧？從電話裡就能感覺到她的殺氣……」

「啊，嗯，多多少少……喔！」

竜兒敷衍地點頭，同時接過總算到手的信封，卻被沉甸甸的重量嚇到。裡面該不會都是一萬圓的鈔票吧？這麼厚、這麼重……到底放了多少錢？竜兒已經無法想像，只是想著「要我把這個拿回家嗎？」同時腋下滲出冷汗。一大筆錢耶！超大一筆！大河一直都跟家裡拿這麼多錢嗎？

「你告訴大河，月底我會和以前一樣匯給她。」

「咦咦咦……」

竜兒再次遭受衝擊。月底再匯一筆？光是有這筆錢，高須母子就能夠輕輕鬆鬆生活半年了。他竟然說月底還會再匯一筆？那不是再過幾天而已嗎？怎麼會有這種事！

然而大河的爸爸絲毫沒發現竜兒的驚訝，輕嘆了一口氣，小手撐著臉頰說道：

「我想見大河，非常想。因為她連聲音也不讓我聽……我想看看她好不好……也有重要的事要告訴她。」

就在這個時候，竜兒突然在他的臉上發現真正的悲傷。手中信封有著一種沉重與沉痛的不協調感。

爸爸再婚之後，大河的存在成了多餘，因此將她趕出來，然後安置在大樓裡。大河的爸爸捨棄了大河，他是做得出這種冷酷之事的男人……之前大河是這麼說的，而且竜兒也是這麼相信，可是──

冷酷的男人會有這種表情嗎？會如此嘆息、眼神晦暗嗎？

詳細情形我不清楚，但是會不會是哪裡搞錯了？竜兒不知該如何處置沉重的信封，只好用雙手捧著。

大河爸爸的眼睛完全沒看向充滿不協調的信封：

「大河過得好不好？有沒有什麼煩惱？那個……該怎麼說？那個……你……和大河……是『那個』嗎？你們……在交往嗎？」

大河爸突如其來的問題讓竜兒嚇了一跳，他用力搖頭否認：

「不是。該怎麼說……我們是朋友，因為我住在那棟大樓隔壁……而我們也滿合得來。我們沒有在交往……比較像是一家人或兄妹……這是我的感覺……我是這麼想……」

「原來如此……這樣啊……」

就算室內裝潢很談得來，不過只要是想接近寶貝女兒的害蟲，一律都要驅離——大河爸爸或許是這麼想吧？所以在知道事實之後，他顯得開心許多，頻頻點頭。

「我問你，大河有被奇怪的傢伙纏上嗎？最近不是常有變態跟蹤狂之類的嗎？」

「已經解決了，再說大河也很強。」

「說的也對！」

大河爸爸的臉上浮現「安心」兩個字，瞇起雙眼微笑。即使如此，他的眼角還是有去不掉的皺紋，恐怕是因為——

「大河……還在為戶頭一事生氣吧……嗯，她一定很生氣……」

被女兒討厭而感到痛苦後悔？他自嘲地笑了一笑：

「在電話裡講話的時候，她對我說『你要負起拋棄小孩的責任』……果然，她的想法還是沒變，認為是我拋棄了她。」

「不是嗎……？」

「不是。」

僅有那麼一秒，竜兒感覺他看向自己的強烈視線，有著與大河相似的痛苦。

「不是那樣的，絕對是弄錯了……離婚也是萬般不得已。我和她母親到最後實在無法在一起，只好出此下策……然後我遇到了不錯的對象，所以才會再婚。可是再婚的對象實在太年輕，大河不管怎麼樣也適應不了新生活，加上各種誤會，最後關係就像滾雪球一樣愈來愈差，演變成大河或……我現在的老婆名叫『夕』……大河或夕非得有一個人離開那個家不可。所以大河……」

兩個培果送上來了。尺寸跟大河的臉一樣大的培果用紙包起來。

「是啊……為什麼那個時候我沒有阻止她？直到現在我仍然會夢到當時的情景。那天是冬天，隆冬裡的寒冷日子，外面正在下雪。大河在家裡一如往常地大哭大叫大吵大鬧，她丟的東西砸到夕，害得夕流鼻血……家裡成了戰場，或許該說就像地獄一樣……好不容易離婚又再婚，原以為能夠找回和樂的家庭，誰知道怎麼會變成這樣？我也被她搞得心煩，不小心說出難聽的話，那不是針對大河，可是……也許聽來像是衝著她，結果大河的臉……突然像是關上燈一樣失去表情。」

竜兒低頭看著培果。這麼大一個，吃得完嗎……？

「然後就像一口氣拉開綁著的結，大河的身影消失在門縫。想要追上她、努力追上她，卻又溜走，怎麼樣也抓不住她……就這樣……為什麼抓不住？在夢裡也抓不住，滑溜溜地從指間溜走，她身上的衣服……對，我還記得她穿著薰衣草色的喀什米爾羊毛衣，腰間綁著一條緞帶。我想抓住緞帶，還是一樣滑掉、想抓住綁起來的頭髮，也一樣抓不住——我聽到門打開的聲音，很大聲。就在那個時候，大河跑了出去——」

大河的爸爸彷彿看見夢幻的雪景，目光飄渺。

「——之後再也沒有回過家。」

實在不忍卒睹，竜兒拿起雞蛋培果大口咬下。大河的爸爸接著說道：

「我想和大河一起生活，再次一起生活。我想告訴她這個。」

「咦……」

竜兒僵在當場。

他剛才說了什麼——嘴裡塞滿食物的竜兒忘了咀嚼，三角眼睜得大大的，茫然凝視眼前這個男人。

和大河一起生活——我的確聽到這句話。沒錯，的確有聽到。

竜兒已經顧不得味道了，大口咬下的食物在嘴裡滾動，盡可能假裝平靜。雖然弄不清楚

自己心裡的感覺是什麼，不過竜兒還是低聲問了一個非問不可的問題。

「可是……到時候不是又會陷入同樣的狀況嗎？因為……因為那個……」

「不會的，我不會讓同樣的狀況再次發生。因為我已經知道自己錯了，我希望能和大河『兩個人』重新來過。大河是我唯一、唯一比性命還重要的小公主，這次我絕對不會再犯錯了……培果好像很好吃，那我也開動了。」

竜兒看著大河的爸爸用他的小手抓起鮭魚培果，然後把包裝紙打開。他無法理解對方話裡的意義。

希望兩個人重新來過，也就是說——

「我最近要和夕離婚，這件事情已經確定，我也和夕談過了。離婚之後我想和大河一起生活，畢竟我們是父女……我愛她，我們沒必要分開。改天如果能夠見到她，我一定會這麼告訴她。」

「你說的……是真心話嗎……？」

「當然是真心話……啊！」

「喔！」

鮭魚從大河爸爸正要咬下的培果裡滑出，就在快要掉到桌上的前一秒，竜兒忍不住伸手接住它。這下子怎麼辦？竜兒的眉間浮現閃電狀的皺紋——

「接得好！」

大河的爸爸毫不猶豫地從竜兒手中拿起鮭魚，然後笨拙地將它夾在培果裡，豎起大拇指擺出勝利姿勢。他和大河果然有血緣關係——笨手笨腳，還有馬上就得意忘形這些地方都很像。接著竜兒突然變得有些奇怪，因為他終於注意到了。

和這個男人面對面坐著談論大河的事，雖然有些尷尬，但是不覺得討厭。

竜兒在感覺有些不踏實的心裡對大河說道：

發生大事了！妳的爸爸要來接妳了！

＊＊＊

喀鏘！

每次只要這個聲音一響起——

「就跟你說沒事，你不要一直跑來看！」

「好、好啦……妳別把碗打破喔！」

竜兒根本坐不住。他不知不覺站到大河正後方，提心吊膽看著大河生疏的動作。

「煩死了，滾開！」

吼！大河對著竜兒露出尖銳的虎牙，隨隨便便出手鐵定會被她咬。可是竜兒又無法離開。對他來說，眼前這副光景正是顫慄、驚恐與懸疑交織而成的畫面，所以只能不放心地繼續窺視廚房。

大河用相當危險的動作，把洗好的飯碗放在瀝水網，而且竟然若無其事地把比較重的瓷盤隨便疊在小湯碗上——

「哇！」

「喔！」

碗盤再度發出類似慘叫的聲音，在不鏽鋼瀝水網中崩塌。竜兒看不下去了。

「我跟妳說，這種餐具要這樣……」

他不禁手癢準備動手——

「好了！夠了！不准出手！我不是說過碗交給我來洗嗎？你去燒開水泡茶！」

「這……」

「眼睛也不准看過來！」

哼！狂亂的大河呼出鼻息，似乎決定要繼續洗碗。她願意守信用是值得高興沒錯，但是反而叫人更加擔心。大河這個笨手笨腳的傢伙動作不熟練、性格大而化之、所作所為全部沒有經過大腦。她每洗一個餐具就擠一次洗碗精，用力搓洗一個餐具就把海綿放在流理台旁邊，雙手抓住餐具沖水。還有餐具的擺放方式也是亂到不行，她居然不把洗好的碗倒扣過來，還任由洗碗精泡沫四處飛濺。亂七八糟又莫名直接，她的習慣果然夠隨便。除此之外濺出來的水也散落在流理台四周，把圍裙弄得濕淋淋，水還滴滴答答流到地板。

怎麼會這麼笨手笨腳？

不能出手也不能開口的焦慮，讓竜兒幾乎快要抓狂了。碗盤全部先用洗碗精洗過一遍，在洗碗盆裡堆成金字塔，然後用水沖洗碗盤，同時用盆子接水——這樣一來不僅有效率，而且也不會浪費水，還可以用最少的洗碗精洗好全部餐具。不過話說回來，把水龍頭開到最大的超強水柱，就這麼往勺子沖下去的話——

「喵——！」

水整個濺出來，弄得四周都是水。沾濕瀏海的大河站在那裡一動也不動。

「……」

竜兒也不知道要說什麼了。他開始跪在地上，拿乾抹布擦拭陷入積水狀態的木板房間。大河沒有半句抱怨，似乎也默許竜兒這種程度的幫忙。她毫不猶豫地以沾滿泡泡的手，抹了一下溼答答的臉，繼續洗碗。

「啊！不會吧！你把小鸚的飼料盒和我們吃飯的碗擺在一起洗？真的有夠沒神經！」

無腦至極的發言讓竜兒按住抹布擦地的手不禁一滑。

「才沒有！妳是白痴嗎？那是妳便當的配菜盒！」

「咦咦……？是嗎？」

「當然是！我怎麼可能會把鳥的飼料盒和餐具一起——」

啊，說錯話了。

糟糕！竜兒慌慌張張轉過頭，臉上擺出親切的笑容——然而為時已晚，一切已經傳進牠的耳裡了吧？醜陋的鸚鵡．小鸚從鳥籠裡對大河和竜兒投以銳利的視線、腐肉色的恐怖鳥喙滴滴答答流出詭異的泡沫、半睜的眼睛充滿怨恨抖個不停、亂糟糟的羽毛一邊痙攣一邊膨脹、斜視的視線像一支銳利的箭。從具有個性的長相就能充分了解——牠現在非常不爽。

「不是的，小鸚，你聽我說！我剛才的意思不是說小鸚很髒，只是為了強調大河竟然笨到搞錯而已！」

飼主開始辯解。

「我是鳥，聽不懂人話……！」

小鸚開始說些不知道是誰教牠的人話，給竜兒吃了一記閉門羹。「啾！」繼續以可怕的表情瞪視竜兒。就在牠低頭瞪人之際，一不小心失去平衡，咚咚咚走了三步——

「咦！小！小便……不，不是小便……咦……？」

小鸚好像失去記憶了。牠突然大張喙子，發呆的視線帶著困惑，一邊整理羽毛一邊回想自己剛才在做什麼——對了！想起來了！於是開始啄食小松菜。

原來如此——竜兒敲了一下拳頭。不愧是腦漿只有幾公克的鳥腦袋，走三步就會忘記了。好在牠是鳥腦袋，寵物與飼主之間才不會留下疙瘩。

「唉呀，真是的……竟然和醜小子說話……你愈來愈不像狗了。」

「不准叫牠醜小子！牠叫小鸚！對吧，小鸚？啊——精神真好，啊——好可愛、好厲害——小鸚真是心胸寬大的好孩子，我最喜歡小鸚了！」

「哼、你連路上的狗屎都覺得『可愛』吧？」

「狗、狗……啥……？」

大河關上水龍頭，緩緩挺起扁平胸大步走過來。竜兒還在為了大河吐出的低級字眼震撼不已。大河直挺挺站在竜兒面前：

「看——我洗好了。你和醜小子玩的時候，我已經全部弄完了。」

哼！自以為是地抬起下巴，自豪宣布自己完成任務。現在不是震驚的時候，竜兒重新站好並且點點頭，甚至還為大河鼓掌：

「啊——好棒好棒！妳真是做家事的天才！」

「唉呀，只要我想做，當然難不倒我。」

「很有天分嘛，繼續下去會更熟練喔！」

「是是是，幫我泡茶啦！快點！」

「可以感覺到妳的才華洋溢。好，妳要茶是吧？我馬上去泡。」

大河交出來的圍裙雖然已經濕透了，竜兒也沒有半句抱怨，只是平心靜氣稱讚她。稱讚大河家事做得好要比稱讚路上的狗屎可愛來得容易多了。

再加上這還是竜兒認識大河以來，第一次見到大河洗碗。無法出手幫忙的焦慮，也因為大河平安無事洗好碗而煙消雲散。就算做得不好也無所謂，最重要的是讓她有心繼續做下去。稱讚她，讓她以後願意再洗——這就是竜兒的打算。

而且——假如大河真的順利和爸爸住在一起，如果連洗碗都不會，豈不是很傷腦筋嗎？雖然不知道他們以後會不會一起住，不過就當成是事先準備吧。

竜兒趁著燒開水的時候，迅速擦乾餐具、收進餐具櫃裡，將房東分送的茶葉裝進茶壺。雖然在泡日本茶時，一般的說法是最好不要用熱水，不過竜兒最喜歡一股作氣把沸騰的熱水倒入茶壺裡。注入熱水，毫不抵抗的綠色茶葉一口氣膨脹，跟著水流舞動的同時輕軟散開，強烈的茶葉香氣彌漫在彷彿會燙傷人的水蒸氣裡。把第一泡茶迅速倒進茶杯，稍微把水放涼再沖第二泡。第一泡茶雖然有點淡，但是很熱，正適合飯後飲用。喝完之後再小口啜飲第二泡濃茶。這樣一來還有個很家庭主婦的好處，那就是不用離開桌子也能喝到第二杯茶。

「點心呢？」

「有。」

竜兒從大河前幾天拿來的點心禮盒裡，拿出兩包年輪蛋糕放在盤子上。吃完兩百五十公克的薑汁豬肉和三碗白飯之後，大河還是想吃甜食。於是竜兒決定今晚陪她一起吃。

竜兒小心翼翼地把盤子擺在稍微擦過的矮飯桌上：

「起來了。躺著怎麼喝茶？」

竜兒拍拍大河的小腿。老早就把坐墊對折躺在地上的大河一邊撥弄長頭髮一邊起身：

「點心點心、年輪蛋糕……怎麼只有兩個？」

「一個是我的。」

「討厭——真是窮酸。整盒拿過來啦！」

大河看到竜兒只拿來兩個點心，不高興地嘟起嘴巴。「好好好。」竜兒隨口敷衍，兩人一起坐在固定的坐墊，然後將每個星期準時收看的無聊猜謎節目音量轉大，對話不知不覺變得有一搭沒一搭。

「幹嘛？」

「沒事。」

「怪。」

竜兒不禁看向大河的側臉。緊鎖眉頭的大河不理會竜兒的視線，再度看起電視。

在這個和平常一樣無聊的夜晚，竜兒就是無法不注視大河，因為他有話想和大河說。泰子還在家裡，三個人一起圍著飯桌之時，他怎麼樣也說不出口，而且大河也不讓竜兒有機會提起「那件事」。

「我說……那個……妳家的爸爸……真是一個怪人。」

「這個年輪蛋糕，就是要一層一層吃才行。」

大河無視竜兒的話，用小巧整齊的門牙像松鼠一樣咬下薄薄一層年輪蛋糕。

「哪裡有人這樣吃……對了，我傍晚吃了培果。妳爸爸和妳一樣，都點了鮭魚培果。你們的喜好果然很像，都喜歡起司。」

「你不吃嗎？不吃給我。」

「我們聊了很多……他好像很擔心妳。」

大河從竜兒手裡搶過年輪蛋糕，然後大口咬下。她繼續無視竜兒的話，把臉朝向電視，只是肩膀有了一絲動搖。

「喂、妳有沒有在聽啊？我雖然沒有立場多說什麼，可是妳還是好好和爸爸見個面吧？最好是最近……因為……有沒有在聽啊？」

這些話不應該由我說——這是竜兒的想法。應該由大河的爸爸親口告訴大河才對，但是為了避免大河在完全不知情的狀況下封殺一切，還是提一下比較好……

「妳爸爸……好像想和妳住在一起……」

「你是白痴嗎？」

2DK的狹窄房子裡，只有電視的聲音空虛迴盪。大河沒有看向竜兒，逕自把頭轉過一旁，冷冷說了這句話。這是什麼意思？竜兒瞪著大河髮間隱約窺見的耳朵後側，聲音也跟著僵硬起來。這傢伙為什麼老是這樣？

「別顧著吃點心了。喂，我可是很認真在和妳說話。」

「所以我也很認真回應你——你是白痴嗎？你是不是頭腦有問題啊？」

「我可是為妳好才說的！」

「有人拜託你說嗎？別人的家務事你少插嘴！」

「妳說什麼？還不是妳拜託我去見妳爸爸！至少也要聽聽我的感想吧？難道只要拿到錢就好了嗎！」

「當然！我很感謝你，所以幫你洗碗，這件事就此結束！」

「開什麼玩笑！妳也聽我說一下啊！」

「少囉嗦！不要裝出很熟的樣子多管閒事好嗎！」

大河終於轉過頭來，眼睛噴出憤怒與煩躁的火焰，視線對上竜兒的眼睛。然而眼中情感瞬間從她的眼裡褪去，憤怒的火焰也跟著冷卻。

「到此為止，真是無聊透頂，我要回去了。啊，話先說在前面，你可別鬧彆扭，明天也要和平常一樣叫我起床。我『完全沒有』把這種程度的不愉快放在心上。」

竜兒似乎讓大河感到很掃興，手上抓著吃到一半的年輪蛋糕，以驚人的氣勢把襪子用力拉好，大步踏過榻榻米往玄關走去。竜兒跟著大河後面攔住她：

「妳爸爸因為妳無視他而非常難過！他很可憐耶！」

「我比較可憐！」

最後終於演變成了對罵。都到這個時候還在計較？竜兒驚訝到說不出話來。大河輕蔑地瞥了竜兒一眼，穿上鞋子，說了一聲「明天見。」就離開了。她真的回家了。

追上去吧？拖鞋穿到一半，竜兒又猶豫了。

「可惡！」

結果他還是沒追出去。

他放開門上冰冷的喇叭鎖，鎖上門之後回到屋裡。因為他發現自己非常生氣，氣到想要粗暴踢飛整齊擺在玄關的鞋子。

「王八蛋……」

竜兒對已經不在這裡的人低聲吐出這句話，取代想要踢亂東西的心情。

有掛念自己的爸爸，而且他也擔心大河的生活，也已經有所反省，決定前來迎接大河一起生活。只要大河坦率一點，期盼的幸福就在前方。明知如此，大河卻拒人於千里之外，沉浸在——被拋棄的我是多麼可憐——的自憐自艾之中，真是無聊透頂！

竜兒盼也盼不到的幸福分明就在眼前，大河卻當著竜兒的面棄之如敝屣。大河這麼喜歡讓自己可憐兮兮的嗎？

玄關留有氣氛凝重的冷空氣，只有正在上班的泰子去附近買東西時穿的拖鞋，還有竜兒上學穿的鞋子孤伶伶放在那裡。這個玄關無論泰子與竜兒怎麼祈求、怎麼等待，都不會有人回來。

3

還不如什麼都不要做——放學後的教室裡清楚飄盪這樣的氣氛。

被強制留下不准回家的二年C班同學態度冷淡、默不作聲。桌子和打掃一樣推到教室最後面，全班抱著膝蓋坐在堅硬的地板上，以幾分勉強的表情抬頭看著站在講台上的春田。

責備？不，也還好——並肩坐著的所有人眼中，只有一種不想牽扯進去的冷漠。最好可以就這樣當作什麼也沒發生，總之就是想遠離這個愚蠢的情況。所有人的自我保護本能正在

全力運作當中。

「這個……每人拿一份之後往後傳。」

罪魁禍首・春田戰戰兢兢地低下頭，想要躲避眾人的視線，開始發放謎樣的小冊子，不過沒有任何一個人願意拿。沒辦法的春田只好走下講台，一本一本交到每個人手上，遇到不肯伸手接下的人，春田就把小冊子擺在對方腳邊。全班像是事先說好一樣，沒有任何人打開小冊子，就這麼任由它躺在地上。打開就輸了，就算好奇也是輸——這股氣氛宛若掃墓時在墳場燒香的味道，嚴肅沉重地覆蓋整間教室。

「我覺得自己有責任，所以……我做了這個……摔角秀的……劇本……也有認真對打的部分，你們看……所以說……」

根本沒人問他，春田就邊發小冊子邊進行沒有必要的解說——明明大家都不想知道。

對——最恐怖的事降臨了，二年C班的校慶活動真的要表演「摔角秀」。不曉得是對年輕人的嫉妒作祟，還是在逐漸擴大的不安之中自暴自棄，那位單身（30）突然在不必要的時候，發揮她的班導影響力，將「摔角秀」這個爛企畫正式提交給校慶執行委員會，為大家帶來莫大的困擾。

在這樣的情況下提起劇本，根本沒有人想多說什麼，大家只是擺出一副若無其事的樣子，刻意不看用釘書機釘起來的影印紙封面。連春田平日的哥倆好能登和竜兒也不賞臉，兩人噁心地靠在一起坐在角落。

「春田寫的劇本，這下更恐怖了。」

「是啊，好像會亂成一團……」

竜兒與能登壓低聲音竊竊私語。竜兒的雙眼不安地抖動，散發出想拿雷公槌擊殺愚蠢春田的危險光芒。感覺到竜兒目光的春田無法正視他……其實竜兒有一點同情春田，覺得他很可憐——不過春田何時才能體會這份友情呢？

坐在竜兒前方的人是班上一有活動，總是帶頭參與的北村。不過他看起來似乎很疲憊，眼鏡也掛在鼻子上，一個人自言自語：「這樣子根本『ＨＩＧＨ』不起來……我的校慶超『ＨＩＧＨ』計畫……」実乃梨在他的前面盤腿而坐、実乃梨的背上是完全放鬆，將全身重量靠在実乃梨身上的大河。

「唔——唔——」

「啊——好重、好重啊——大河——」

「唔——唔実——」

「唔実？誰啊——啊——」

大河化身沒有思考能力的動物，像蟲一樣扭來扭去，在実乃梨身上留下氣味。麻耶大膽地躺在地上，悄悄從北村背後掀起沒穿外套的襯衫下襬，用手指著皮帶上方露出的內褲，和

其他女孩子一起小聲竊笑。就連奈奈子也拿出鏡子和梳子，靈巧地把髮夾插入捲起的頭髮，開始練習整理頭髮。

「大家～拜託你們打起勁來……已經沒有轉圜餘地了～～」

春田快要哭出來的聲音在教室裡空虛迴盪。

「喂，北村，拜託你也說說話～你是班長耶～你得負起責任炒熱氣氛啊！難道你忘了我解除下半身危機的恩情嗎？」

「唔，竟然說出這種話，我也無話可說……那、那就讓我為君一舞……」

自暴自棄的北村站起來，事情就在這一刻發生。到底是怎麼回事？北村腰間少了皮帶的制服長褲落到腳邊。

「咦咦咦咦……！」

「呀啊——！」

皮帶不知為何出現在率先尖叫的麻耶手中。因為華麗美少女毫無自覺的圈套，皮帶不曉得在什麼時候扯了下來。

北村的內褲暴露在大家面前，四周的同學頓時如同在炸彈爆炸中心被衝擊炸開的塵埃一般，一起以驚人的氣勢退開。「討厭——！」「你在搞什麼！」厭惡的慘叫聲從四面八方響起。「為什麼……」北村忍不住發出呻吟；「咦——！」大河發出有如汽笛的大叫；実乃梨用雙手遮住大河的眼睛，表情憔悴地說：「海帶芽的心靈創傷又……」；「唔哇……」竜兒和北村保持距離，在他心中，「北村＝愛脫衣服的暴露狂」的疑慮加深許多；亞美只是冷冷地說聲：「變態出現。」

別說炒熱場面了，現在全班因為突然現身的下半身暴露男而陷入一片慘叫，哀嚎聲此起彼落。春田抱頭趴在講桌上、北村連忙把褲子拉起，可是眾人的記憶已經難以抹滅。

「不玩了——！我要回家！」

「超無聊的！浪費時間！」

「抱歉，我也不奉陪了！」

「回家回家！解散——！」

原本籠罩整間教室的冷空氣，因為北村的意外暴露一口氣爆發出來。每個人嘴裡吐著抱怨、站起身、拿書包、把桌子搬回原處，看樣子大家都準備回家了。

「等、等一下啦，各位！別走啊！」

大家無視春田的賣力叫喚，任由他的空虛叫聲響徹空中。已經沒有人知道這件事該怎麼收場了。

就在這個時候——

「咦呀？」

援軍從意想不到的地方現身。聽到不可思議的甜美聲音，正要回家的眾人全都豎起耳朵，瞬間停下腳步，還有幾個人快速轉身。

「嘿～嗯嗯……這個好像滿有趣的，每個人都有自己扮演的角色，還有台詞喔。嗯——春田同學，真想不到你這麼能幹～」

「亞……亞美……！」

只見二年C班的水潤雙眼天使川嶋亞美，已經不知道在什麼時候把視線從青梅竹馬的下半身移開，轉而看向劇本。

「呵呵呵，我是主角嗎？哇～好開心喔♡」

在春田身旁的亞美面帶微笑，雙眼瞇成一條線。和大家一起準備回家的竜兒，眼裡閃著瀕臨臨界點的光芒，抬頭望向亞美可疑的笑容。竜兒並非想從眼睛裡發出X光透視亞美的身體，他只是嚇了一跳。

亞美不是應該帶頭踐踏這種門外漢的劇本、撕碎它、放火燒個精光、吐口水、把燒剩下的灰灑在枯樹上，同時還不忘高聲尖笑：「如果有閒工夫看這種無聊東西，乾脆來讚頌亞美美的美麗吧，全世界的醜八怪們！唉呀，記得別打開你們的醜眼睛喔！你們的眼睛可是承受不了亞美美的美貌，靠想像力就夠了！什麼？無法想像？想想鑽石或是星空之類記憶中所有最美的東西嘛！哈哈哈！」——她不是這種女人嗎？

正準備回家的同學聽到亞美開心的一番話，一個接一個回到教室放下書包，興致勃勃地圍在亞美四周。

「你看你看，這一頁寫得超棒的～」

亞美不過只是稍微煽動一下——

「咦，哪裡哪裡？亞美看的是哪一頁？」

「哪邊哪邊？」

大家一起翻閱剛才發下來的劇本——

「喔……真的耶，寫得真不錯……」

「蠢蛋春田，神氣個什麼勁啊……嗯嗯，我演亞美親衛隊C啊。」

「哇啊！春田竟然會輸入漢字！最近的電腦真厲害。」

「啊，我是亞美隊的參謀，有不少台詞耶。」

亞美臉上露出優雅的微笑，滿意地俯視同班同學。春田只是一副熱淚盈眶的模樣，以崇拜的眼神凝視亞美，彷彿此刻就算要他舔鞋子或是廁所拖鞋，他都很樂意。「呵呵♡」亞美對春田眨一眨眼。

「好！春田，加油！我們開始練習吧？」

「嗯……！」

「摔角擂台先用膠帶貼一下吧？」

「嗯……！」

全部財產都給我吧？嗯！脫個衣服來看看吧？嗯！拿一個腎臟來吧？嗯！現在的氣氛就是這樣，好像無論對他說什麼，他都十分樂意配合。全班直到剛才為止，還因為一連串詭異的事情，快要失去正常的判斷力，現在卻在亞美超健康的笑容操弄之下炒熱氣氛。「搞不好很有趣喔～～」「你是什麼角色？」大家再度坐回地上，無論男生女生都拿著劇本，一副幹勁十足的模樣。

她的目的究竟是什麼？竜兒深知亞美的黑心天性，不禁對她投以懷疑的目光。

「咦？咦咦咦？唉呀～～？怎麼了～～？高須同學真是的，為什麼要瞪著人家～～？」

「我沒有瞪妳。」

「喔～～？」

亞美注意到竜兒的視線，壞心的大眼睛閃閃發光，像是找到什麼可以作弄一番的對象，開心地翹起嘴唇：

「還沒正式開演，現在不需要這麼投入角色喲，第一男配角！」

「什麼？第一男配角？」

竜兒的腦中一片空白。「嘿嘿！」只看到不可愛的春田吐出舌頭，面帶笑容。什麼意思？竜兒連忙準備打開劇本——

「這是什麼————————！」

沒想到大河已經搶先一步高聲慘叫。

在班級首領亞美的領導之下，二年C班的同學和樂融融一起生活。

「唉呀～～好像很好玩～～！」

「什麼啊！什麼叫『一起生活』啊？在哪裡生活啊？學校嗎？大家的家裡怎麼辦？父母不會說話嗎？」

「打從蠢蛋吉是首領開始就不合理了！」

然而有人憎恨這份和平，他們就是邪惡的化身——掌中老虎，以及她的手下——不良少年高須竜兒。

「討厭～～好可怕～～！」

「為什麼我會是她手下的不良少年？我不能接受！」

「邪惡的化身！我是邪惡的化身？為什麼？竜兒也就算了，這樣說我太過分了！」

掌中老虎與不良少年襲擊二年C班，亞美奮力抵抗卻徒勞無功，二年C班的同學全被掌中老虎洗腦了。

「糟了～這下糟了～～！」

「洗腦！」

「誰啊！」

二年C班的同學都成了掌中老虎的手下，到處為非作歹。但是在亞美拚死說服之下，總算「溶化」了洗腦狀態，大家通力合作趕跑掌中老虎與不良少年。可喜可賀、可喜可賀，這是一個快樂的結局。

「討厭～溶化了～～！」

「溶化得了嗎！真的溶化不就糟了？」

「自曝缺點……蠢斃了！」

可是教室裡響起一片掌聲。大家坐在用膠帶貼出來的正方形摔角擂台外圍，個個都在稱讚寫劇本的春田。

「喲——寫得還不錯嘛。幹得好，春田！」

「簡單又有戲劇效果，想不到還滿有水準的！」

剛才如坐針氈的局面頓時逆轉，春田開心地抓抓邋遢的長髮：

「嘿嘿嘿，是嗎？我該不會有這方面的才能吧？唉呀，真是糟糕——這是叫我將來去當作家嗎？唉呀～～糟糕糟糕，傷腦筋——」

「傷你的大頭！」

竜兒忍不住用劇本打春田的屁股。其實他比較想用鞋子踢，但是他不想讓自己乾淨的鞋子被春田的屁股汙染，所以才沒動腳。

「好痛——你在幹嘛？」

「你寫得很爛所以不用傷腦筋啦，白痴！再說哪裡跟摔角扯上關係了？而且還擅自讓我演壞人！」

「咦——？高須的理解能力該不會很差吧？這個劇本裡到處都和摔角有關啊？首先是這裡『襲擊二年C班』，然後是『亞美奮力抵抗卻徒勞無功』這裡，還有『二年C班的同學到處為非作歹』也是，『亞美拚死說服』和『大家通力合作趕跑掌中老虎與不良少年』也是啊。這種程度的東西，看大家的反應也知道吧？」

再沒有什麼事，比被春田教訓「沒有理解能力」更丟臉了——竜兒不停顫抖，無法化解灼熱腹部湧起的黑暗情緒，陷入自我中毒的狀態，腳步搖搖晃晃、岌岌可危。另一方面，竜兒的老大，邪惡化身大河則是——

「我不～～～～～～～～～要～～～～～～～～～！」

像野獸一般趴在地上，張大嘴巴怒吼。

「逢坂同學，不‧可‧以任性喔！」

「開——什麼玩笑！校花比賽是我、這個也是我，為什麼要我做一些莫名其妙的事？全部都是妳的錯！妳的錯！」

「唉呀～怎麼會有這麼難聽的誣賴……痛痛痛痛痛！」

蹦！大河施展驚人的跳躍力，一口氣跳到亞美的背上，順勢以漂亮的纏身固定技鎖住亞美全身關節。

「全、是、妳、的、錯啊啊啊啊啊——！」

「痛痛痛痛痛、好痛好痛好痛！」

大河使出「眼鏡蛇纏身固定（註：COBRA TWIST，摔角的關節技。站在對手背後伸腳卡住對方的腳，再用雙手鎖住對手的脖子跟手臂）」。只要亞美的細腰一扭動，大河便更加重身體重量，毫不留情勒住掙扎慘叫的亞美——到此為止簡直是完美無比的連續動作。

「喔，掌中老虎好像很有幹勁。」

「馬上就開始練習，真是認真。」

「那招『眼鏡蛇纏身固定』真漂亮！太完美了！」

「真是如詩如畫……不，是限量的高價模型！」

喔喔——大河聽到眾人夾雜嘆息的掌聲，連忙放開亞美，一腳踢開她的屁股：

「你們這些傢伙！吵死了！我絕對不幹！現在是怎樣？這根本就是欺負人嘛！你們想讓我丟臉出糗、準備好好嘲笑我是吧！過分！過分過分過分……算了！我想到了，把你們全部殺掉就沒事了！」

她的殺氣輕輕鬆鬆達到臨界點，快噴出火焰的狂虎之眼，瞪向四周的同班同學。大河凶狠地舔舔舌頭——就從右邊開始……不，從離我最近的開始收拾吧。大家連忙後退幾步準備逃跑，擠成一團的眾人統統跌倒在地。大河把攻擊目標鎖定那團人，把力量集中在下半身，正打算撲上去之時——

「逢坂同學！不，掌中老虎！妳還搞不清楚狀況嗎？」

在一團混亂當中，響起一個冷靜凜然的聲音。

「妳說什麼！」

開口的人是亞美。被「眼鏡蛇纏身固定」攻擊而受傷的身體搖搖晃晃，拚命想要站起來，眼中充滿慈祥的光芒，又閃著類似母親的怒意。展開的雙手有如天使翅膀，擋在伸出爪子、準備撲上人群的大河面前。大河可怕的視線更添一層血色：

「少囉唆，蠢蛋吉在跩什麼！還不都是妳害的！」

「啊，好痛！」

啪！挨了大河一巴掌的亞美仍然不退縮，她緊咬嘴唇，摸著挨打的臉頰說道：

「如果打我可以讓妳消氣，妳就打吧！不過妳這麼做，什麼……」

「好！我就打！」

「唔！」

大河抓住亞美的鼻尖一扭，趁她即將倒下之際，對著她渾圓的額頭，使出傳說中足以碎鐵的「彈額頭」。可是亞美不管倒下幾次都依然堅強地爬起來，抬起雪白的臉，臉上甚至浮現淺淺的微笑：

「嗚……妳還真的打……不過這樣一來……妳應該……消氣了吧？」

「妳說什麼～～？吉娃娃神氣個什麼勁……！」

不曉得誰在大喊「沒用的，快住手！」、「妳會被掌中老虎殺掉的！」可是亞美說了一句「沒關係！」用微笑阻止同學的忠告，走近大河一步。大河渴望鮮血的野性雙眼一直瞪著靠過來的亞美。真是緊張的一瞬間，不過亞美始終保持冷靜。

「逢坂同學，我只有一件事情想要告訴妳。說完之後，要殺要剮隨便妳……我做的一切，都是為了無法融入班上的妳……妳總是和班上同學不熟……大家遠遠望著妳……或許是因為害怕……我是真心想讓妳這凶暴的小不點……不，是可憐的逢坂同學能夠和班上同學更加親近，才利用這次班級活動的機會，讓妳有機會接近同學啊！怎麼樣？在妳那只知道施暴的空虛心靈裡，有沒有感受到大家的溫情？」

「幹嘛自我陶醉地得意忘形啊，蠢蛋！我哪有無法融入班上！」

嗯……很融入……對啊……很融入、很融入……嗯……圍繞在四周的同學怯怯發抖，似乎希望大河就此息怒。注意到這點的大河艱澀轉動自己的脖子：

「這、這種委屈的感覺是什麼……」

「看吧，這就是事實。」

亞美閉上眼睛搖搖頭，舉手對班上同學說聲：「夠了。」全班配合亞美的手勢一起噤聲。亞美不知在什麼時候變成某個長壽午間節目的主持人，完全掌握觀眾的心理。

「總之，我想告訴妳別往壞的地方想……好嗎？懂了嗎？好，我們先從這個開始。一起翻開劇本第4頁，場景2一開始，這裡是逢坂同學最帥的場面。砰——！帶著高須同學從舞台右側登場，把全班同學洗腦。」

「就——跟——妳——說我不幹了！辦不到！再說我又沒洗過腦！」

「又、又不是叫妳真的把大家洗腦！做做樣子，全部都是做做樣子就可以了。妳試試看吧。好！來！老虎，洗腦的台詞！」

「咦？怎麼突然……我看看……『去死——！』」

「妳這傢伙真是……算了，別說『去死』好嗎？」

「啊，什麼嘛，原來有台詞——『老虎，一邊隨意大喊一邊登場——！』」

「那不是台詞……那是舞台提示。」

「什麼是『舞台提示』？」

吵吵鬧鬧了好一陣子，不曉得什麼時候連大河也開始聽亞美的話，全班同學陶醉在大河與亞美的熱烈演出之中，時而鼓掌、吐嘈、大笑。竜兒沒有加入大家，他已經不知道該說什麼才好——剛剛不是還在質疑嗎？怎麼一回過神，就決定照著劇本去演了？如果大河再認真一點拒絕，搞不好還有翻盤的餘地，結果現在就連大河……

「呆子——！」

「人渣——！」

此刻的大河只是單純享受（？）與亞美對罵的樂趣。沒辦法——竜兒完全放棄了。全班看起來都很熱衷，如果只有自己一個人抱怨，也改變不了什麼。

眼前也只能發揮天生的循規蹈矩本性。真的要是改變不了，也只能這樣了。至少不能給樂在其中的大家添麻煩。總之先練好自己登場的部分——於是竜兒專心讀起劇本。

「打啊……打啊……打——！YOU——ARE——KING——OF……」

「……」

竜兒露出疑惑的眼神，在他身旁偏著頭的同學八成也是一樣。

「妳……妳在演什麼？」

「咦？啊，這個？這個嘛……我也不太清楚。」

実乃梨跪坐在摔角擂台旁邊，興奮觀看大河與亞美的對罵。明明只是第一天練習，她卻已經裝扮齊全——戴著禿頭頭套、眼罩、暴牙，還加上纏腰布，完全融入角色之中。

「春田說這是把我丟到『ＭＯＲＧＵＥ』的賠罪，所以安排一個特別棒的角色給我，還幫我準備好戲服。嘿嘿，沒想到春田同學是個好人。」

「這樣……嗎？」

実乃梨有些害羞地拆下暴牙，頭上頂著禿頭頭套，臉上戴著眼罩，對竜兒露出耀眼燦爛的笑容。許久不見這般有如盛夏太陽，閃爍金黃色光芒的笑容了，竜兒的肩膀彷彿沐浴在陽光下的植物，逐漸伸展開來。

実乃梨的笑臉果然是世界上最耀眼的活力泉源，整個光亮滑溜……不，我說的不是禿頭正在發光——竜兒的目光移不開実乃梨身上。

「高須同學，我問你——」

「唔、嗯！」

而且実乃梨還在和我講話！最近和我保持莫名距離的実乃梨，居然願意和我說話。管她臉上帶著眼罩和禿頭頭套，妳要說什麼就儘管說吧。竜兒張大的眼睛快要裂開了。如果可以的話，希望她提起那個話題——就是在暑假時說好，開學之後真的送給我的毛巾。那兩條漂

亮的深藍色與卡其色毛巾，我每天都用柔軟精清洗，輪流交替使用。

「亞美最近好像不太一樣。」

「是啊是啊，那個毛巾……咦？妳說川嶋？」

為什麼會講到亞美？期待落空的竜兒沮喪不已。

「這麼說來……好像有這麼回事。」

竜兒點頭表示同意，眼睛瞄了一下亞美，她正在教室裡指導大河的演技。美貌與做作，還有受歡迎的程度都和剛轉來的時候沒什麼兩樣——

「說是不一樣，或許應該說她原本不會主動接近人群，平常總是更……」

更小心謹慎。

竜兒發現自己差點直接這麼說出口，趕緊閉上嘴巴。這對竜兒來說，也是相當唐突而意外的感慨。

原來是這樣啊——竜兒心想，原來在我的眼中，亞美總是擔心害怕。為了避免打造出來的外殼遭到破壞、避免受到刺激，亞美在自己的四周立起牆壁、埋下地雷，藉以炸飛靠近的傢伙，不讓任何人接近。這是她不想讓人看見真實自我所採取的激烈「自保」手段。可是現在的她的確有所改變，雖然頂著做作女的面具，但是——

「跟妳說不是那樣！嗯——難不成逢坂同學……有點笨嗎……真是可憐……」

「蠢蛋吉有什麼資格說我——！」

站在教室中央的亞美一邊戲弄大河，一邊露出壞心的微笑。看得出來即使臉上的面具有點脫落、即使有點勉強，她依然努力融入人群之中。竜兒實在搞不懂，到底是什麼原因讓她變成這樣？

不過現在不是說出這些感想的好時機，而且旁邊的人也太多了。竜兒沒把心裡的話說出來，反而不懷好意地看著亞美，打算轉移話題：

「真不曉得那個黑心女有什麼打算。」

「喂——你怎麼這樣說！亞美是個好孩子喔——！」

実乃梨笑著脫下禿頭頭套，輕輕敲了一下竜兒的手臂。竜兒避開她的攻擊，忍不住說出真心話：

「妳也是，好像有點不一樣。」

「咦咦！我我我我嗎？」

有必要嚇成這樣嗎？凝視竜兒的実乃梨忍不住放聲大叫。她摘下眼罩，變回原本的実乃梨，有些激動地靠近竜兒：

「真的嗎？我、我變得怎樣？變、變好了嗎！」

「這個問題應該只有妳知道吧？」

「咦咦咦！我怎麼會知道？到底是怎麼樣啊，真是急死人了。你幹嘛突然說那種話啊，高須ＢＯＹ！」

還不是妳莫名其妙跟我保持距離！竜兒說不出這句話，他只是撿起実乃梨掉在地上的禿頭頭套，隨手拍掉灰塵，用「我們的交情應該有到這個地步」的態度，把頭套戴回実乃梨頭上，就在同時——

「咦！」

「呃……」

大叫出聲的実乃梨就好像遭到烏鴉攻擊的貓，頭上頂著歪斜的頭套冷不防地退後一大步，和竜兒保持距離。

怎——怎麼會這樣？

我的動作太親密了嗎？很有可能。可是有必要離我這麼遠嗎？竜兒的心為此受傷。是因為他不小心把感受寫在臉上的關係嗎……

「啊、不是、不是不是不是……我不是那個意思！不是的……唔……」

実乃梨的安慰方式很怪，她左右揮舞雙手，踏出一小步靠近竜兒。兩個人四目相對，連竜兒也不知道該說什麼，只好露出懷疑的表情。

「不是不是不是不是……這個這個這個這個……該怎麼說……就是那個嘛。」

実乃梨再次後退半步……怎樣都好，不過那個半掛在頭上的頭套，看妳是要拿掉還是戴好，快點決定吧。

焦躁的竜兒只能低頭看著実乃梨，甚至沒注意到某人正在看著他們。

＊＊＊

最近這幾天，竜兒與大河原本友好的關係愈來愈冷淡。關係冷漠的兩人一起回家，路上寒冷的秋風吹過，枯葉在地面盤旋飛舞的聲音也充滿寒意。

沒錯，從「那天晚上」以來，兩人之間已經很久沒有開朗的笑聲了（也有本來就沒有那種東西的說法）。即使如此，大河仍然每天早上跟竜兒一起上學、晚上來高須家吃晚餐，還有在放學回家的路上一起去超市。「如果真的那麼不爽，就不要和我在一起啊！」竜兒心裡這麼想、也開口說過，但是大河只是回以一如往常自導自演的虎式抱怨——「我才沒有不爽？我根本沒理由不爽！如果你覺得我看起來不爽，也是因為竜兒一直囉唆什麼『妳在不爽』的關係！」不過只要看她不理人的臉，就知道她正在不爽。

「今天晚上吃什麼？」

「鰤魚。剛才不是買了嗎？」

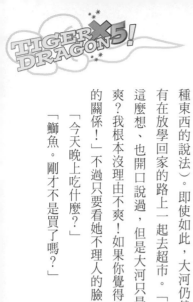

「鰤魚要怎麼煮啦？」

「紅燒。」

「紅燒是吧？」

「沒錯。」

咻——比寒風還冷的空氣，陣陣襲擊保持一公尺距離往前走的兩人腳下，連身體都快要凍僵了。

結束校慶的練習，再去超市買完東西就已經快要六點了。季節已是深秋，白天的時間愈來愈短，還不到六點的天空染上近似黑色的深灰色，讓肌膚微微冒出雞皮疙瘩的夜晚氣氛靜靜低垂四周，路上的街燈也一盞一盞點亮。

竜兒拉了一下立領學生服的領子，看到大河轉過去不理人的側臉，也跟著別過臉移開視線。妳這隻任性老虎想不爽就隨便妳，我可沒有必要奉陪。然而就算竜兒把眼睛轉向別處，大河隨風飛舞的長髮還是會飄進視線內。帶點灰色的不可思議淺色柔軟頭髮，像波浪一般翻動，一下子蓋住大河的圓臉，一下子又飄然散開。和緩起伏的軌跡相當滑順，似乎無法用手捉摸它的動向——

「痛痛痛痛痛！」

「喔！」

捉住了！竜兒忍不住握住的掌中，有一撮大河的淡色頭髮。大河以粗魯的動作抓回自己的頭髮：

「喔什麼啊，這個長髮癖！你欠揍嗎？」

「抱、抱歉……」

「你真的應該道歉！短毛狗！老是一副凶巴巴的表情，滾到一邊去！」

大河瞪視竜兒的眼裡，憎惡的火焰正在雄雄燃燒。這件事的確是我不對，可是有必要這麼生氣嗎？怒火沖天的大河先一步往前走。竜兒雖然不想理她，還是跟著她後面追上去——之所以追上去，是因為回家方向相同的關係。

如果那位老伯當時也像我一樣抓住大河的頭髮，事情不就簡單多了？這些話竜兒當然說不出口。要是多嘴，自己鐵定會瞬間變掌中老虎的食物，所以竜兒只能看著大河的嬌小背影，心裡想著「真是笨蛋」。

距離「那件事」已經過了好幾天，大河似乎還是沒和爸爸連絡。竜兒不可能直接告訴她「妳爸爸好像想要和妳一起住……」因為大河只要聽到「爸爸」的爸字就會開始發脾氣……不，應該說就連無意的沉默，也會被她解讀「你剛才是不是想說什麼！」然後開始生氣，最後事情只能不了了之。

「固執也該有個限度……」

竜兒開始自言自語，心想反正她也沒在聽，沒想到——

「你說誰！」

大河的耳朵只有在這個時候才會變成順風耳，一字不漏聽得一清二楚的她，揮舞手裡的書包攻擊竜兒。

「怎麼樣！你到底要怎麼樣！我真的很火大！你有話要說就說啊！說啊！」

「痛！痛死了！」

堅硬的書包打在身上，竜兒除了慘叫之外也說不出其他話來。家已經近在眼前，竜兒不爭氣地逃出那條每天會經過的櫸木林蔭步道。不用說，大河當然也是以冷酷的快動作生化人之姿追了上去。

「等一下——！我受夠了——！校慶也是！最近！老是發生討厭的事——！」

「我的錯？」

「當然是你的錯！哇啊……」

小小的身體揮舞書包，大河理所當然發揮笨拙的天性，失去平衡之後絆到旁邊水溝的蓋子，就在快要摔倒之時，在半空中揮舞的手勉強抓住人行道上阻擋車輛的警示桿，打算站穩腳步，結果——

「……唔哇哇！」

這是對她的懲罰吧？沒想到警示棒沒有好好固定，大河順勢倒在人行道上，鐵製的警示桿也倒在路上，大河的尖叫與警示桿發出的聲音響徹住宅區。

「沒事吧？妳真是有夠丟臉……」

「囉、囉唆！還不是你害的！」

「關我屁事。」

笨到不行——忍不住自言自語的竜兒撿起大河拋出去的書包。不論被她罵得多慘，但是只要大河像這樣丟臉摔倒，他還是會克制不住攙扶大河的念頭。竜兒來到怒髮衝冠、滿臉通紅正在掙扎起身的大河身旁，準備伸出手——

「……！」

「呃……」

「好、好久不見……」

比竜兒的手小一點、又比大河的手大一點的手，搶先一步握住大河的手。

大河住的大樓玄關面前，停了一輛美麗的銀色敞篷賓士轎車，開閉式的車頂完全打開，充分享受這個季節的美麗。

從背對夕陽的剪影，可以看出他是個子矮小的中年男子。

大河抬頭往上看，眼中閃爍著有如冰冷火焰的光芒。

黑影雖小，還是有著四十多歲男子的臂力。他用力拉起倒在路上的大河，讓她站起身，拍拍她的制服拂去灰塵。

「對不起，我一直在這裡等妳。那個……我有話……啊……！」

「去死吧，跟蹤狂！」

正中紅心。

大河毫不留情的膝蓋，深深陷入雙腿之間的禁地，黑影──大河的爸爸直接跪倒在地，發不出任何聲音，只是拱起身體痛苦扭動。同為男性的竜兒也只能滿臉蒼白看著他的模樣。光是在一旁觀看，就覺得身體的某個部分異常疼痛。至於現行犯，也是他的女兒大河，則是完全沒有回頭看看自己造成的慘劇。

「竜兒！快點回家！這裡太危險了！」

「妳比任何人都還危險！」

害怕的竜兒僵在原地，大河用力抓住竜兒的手臂，強行拖著他走向旁邊通往竜兒家的戶外樓梯。

「慢、慢著！等等！等等等等等等！妳就這樣不管他嗎？」

竜兒拚命抓住鐵欄杆，兩腳用力撐住身體。雖然事不關已，剛才的「蛋刑」也很令人難忘，可是怎麼能夠就此結束？怎麼可以丟下那個人不管？我不能就這麼和大河回家！事態嚴重了！大事發生了！妳爸爸真的來接妳了！就是今天、此刻、在這裡！儘管如此，可怕的大河竟然打算把竜兒的身體連同他抓住的鐵欄杆一起拉起來——

「唔嗯！」

太陽穴的血管清晰可見，竜兒拚死抓住的鐵欄杆吱嘎作響。再這樣下去，別說是肩膀關節，恐怕就連租來的房子都會毀掉。竜兒帶著必死的覺悟，反過來抓住大河的肩膀……

「可惡！妳這個找麻煩的傢伙！固執也要有所節制！」

「你說什麼！你這隻狗說話竟然這麼囂張？」

就算臉頰挨揍也不放手，竜兒反而用力把大河拉近自己，將她腳步不穩的身體推向牆壁，兩人之間的距離近到呼吸的氣息幾乎重疊，彼此口沫橫飛開始對罵。

「你……幹什麼！放開我！」

「是妳先出手抓住我吧！我不准妳就這樣進我家！絕對不准！」

「為什麼！」

「妳爸爸來接妳了！好歹也要聽他說！那個人是誰？不就是妳爸爸嗎！」

「才不是！那是跟蹤狂！我不要跟蹤狂！」

「說什麼傻話！妳不是因為被拋棄所以哭了嗎？給我坦率一點！不管怎麼樣，妳先和那位歐吉桑談談！仔細看看他的臉！」

「你、你是站在他那邊嗎？太過分了！你背叛我！我還以為只有你挺我……叛徒狗！」

「就因為我挺妳，才會這麼說！我可是為了妳！這不是妳想要的嗎？妳爸爸來接妳回家了！妳不是想回家嗎？不是想和他一起生活嗎？討厭的後母已經不在了！」

「你……你這傢伙、你這傢伙到底懂什麼！我對那傢伙已經沒有任何期待了！全部都過去了！全部都結束了！我已經不需要那種人了！不需要的人突然回來，只是找麻煩而已啊！丟掉的垃圾又回到房間，又有誰會高興！」

「妳……」

忘我的竜兒抓住大河的手開始用力，即使大河纖細的手腕疼痛掙扎、尖聲高叫，竜兒還是沒有減輕力量：

「他就站在那邊等妳回來。那個人對妳來說真的只是垃圾嗎！妳可知道我爸爸無論我怎麼盼望都不會回來——」

錯了。

我不應該這麼說。

把自己的遭遇與眼前的狀態重疊在一起，只是單純的自我意識過剩。

「……」

竜兒咬住嘴唇放開手，退後一段距離離開大河身邊，吐出快要著火的熱氣，反覆說著：

「這是為了大河、為了大河……」搞什麼，自己竟然說出來了。

竜兒只是想用與自己毫無關係的大河能夠獲得幸福一事，來填補自己遭到捨棄的十七年來，心裡那個怎麼也填不起來的洞而已。他自己也很明白，自己只是基於這種無聊的自我安慰，才會說出這些話。

——或許我真的是無聊又多事的笨狗。

伴隨著心痛的失敗，竜兒不禁羞愧地低下頭。後悔的他伸手抹抹眼睛，喉嚨哽咽到發不出聲音。自己的膚淺讓他連內臟都想吐出來，如果大河能像平常一樣賞我一巴掌，我就可以不用這麼自嘲了。

然而——

「……夠了……我知道了。」

大河的聲音帶著怒意，還是伸手輕輕觸摸竜兒咬到出血的嘴唇。手指的冰冷與柔軟，讓竜兒忍不住屏住呼吸。

大河的指尖沿著竜兒的臉往下滑，大河抓住竜兒說不出話的下巴，抬起他那張沒出息的臉。閃爍強烈光芒的眼睛毫不畏懼地看向竜兒：

「既然你這麼說……那就這樣，別再擺出這副表情。」

揪！大河捏著竜兒的臉頰，硬是把他往上拉。

「大河……」
「你不是說是好事嗎？所以我就把它當成好事……不管我是不是真的這麼認為，既然你這麼說，我就當它是好事。」
大河皺起眉頭，手指離開竜兒的臉頰，緩緩瞇起眼睛。
「我……我……」
「別再說了……」
大河做出像貓一樣的動作，用手背擦擦臉頰。
兩個人原本靠在一起的膝蓋分開了。
大河的手按住竜兒的肚子把他推開，小小的肩膀從竜兒的身體下方溜出去。
啊，抓不到——這是竜兒的想法。
大河的肩膀、頭髮、裙襬都像翻飛的枯葉一般舞動、也像回到森林的野獸尾巴柔軟晃過竜兒眼前，竜兒不知不覺想要伸手去抓，但是什麼也沒抓到，空無一物的手讓全身失去力量。原來如此，我已經不再需要抓住大河、把她帶到這裡了。
終於獲得解放的大河就像激射而出的子彈跑下階梯，對著在秋夜裡握著小型進口車車門站立的中年男子說話。驚訝的中年男子轉身面對大河，這個時候已經不需要多說什麼了。
他的手像是有點害怕，卻又牢牢抱緊大河，臉靠著大河的肩膀，只是不斷點頭。大河一

開始還有點排斥，不過最後還是放棄抵抗，伸手輕輕抱著男子的背，一點一滴放鬆身體，最後便將一切投入爸爸的懷中。

竜兒看到這裡，緩緩踏上破爛的鐵製階梯。太好了，太好了，真是太好了——像個老頭子一樣喃喃自語。

「小竜……」

「喔！嚇我一跳！」

玄關的門大開，親生母親突然探頭迎接竜兒回家——泰子沒有化妝，身上穿著竜兒國中時代的運動服。

「妳怎麼穿成這樣？還沒準備好嗎？今天要上班吧？」

「是沒錯……因為剛才好像聽到聲音……吵、吵架了嗎？」

泰子沒化妝就顯得太淡的眉毛垂成八字形，不安地搖晃豐滿的胸部。

「沒有。」

看樣子泰子似乎是被竜兒與大河在外頭大聲說話的聲音嚇到，而在玄關豎耳傾聽。外表根本看不出來已經三十歲（而且還是一個高中生的媽）的她擔心到快要哭出來，而且還在玄闔不停踱步。

「好了，快點進去。」

雖然兒子催促她進去，不過泰子依然伸長脖子，不停窺視外面的狀況，似乎打算就這樣沒穿胸罩、踩著拖鞋跑出去。竜兒把手放在她的肩膀上，粗魯地把她推進家裡。

「我們真的沒吵架，不用擔心，快點準備上班吧。已經過了六點，我也得快點準備晚餐。總之先捲一下頭髮，亂七八糟的。」

「話是沒錯……大河妹妹呢？換好衣服再過來嗎？」

「她今天不過來了。」

「咦咦～～！為什麼？」

這叫我怎麼回答？竜兒一面思考，一面以俐落的動作整理四周。迅速疊起泰子正在看的郵購雜誌，趁她還沒訂購什麼怪東西之前，把那些雜誌堆到固定放置資源回收垃圾的地方。把空馬克杯拿到流理台快速沖洗一下，同時也跟小鸚打聲招呼「我回來了」。不用幾分鐘，狹窄的客廳立刻恢復成早晨的整齊狀態。

「沒有為什麼。這樣也沒什麼不好。」

竜兒的回答實在不怎麼樣。

「一點也不好～～！大河妹妹如果不來，泰泰會很寂寞～～！我們是一家人～～！小竜也會寂寞吧～～？大河妹妹不來就不行！去叫大河妹妹來～～！」

無法認同的泰子坐在坐墊上，把頭放在矮飯桌上，以少女的模樣鼓起臉頰貼在桌面，嘟著嘴巴說著「不要不要」扭動身體。竜兒以眼角餘光看到她的樣子，走進紙拉門後面自己的房間說道：

「對大河來說，這是最好的結果。唉呀，她也不是不會再來了——應該吧。」

泰子咬著運動服的袖子，依然趴在矮飯桌上。她只是抬起大大的眼睛，就這麼盯著兒子問道：

「真的……？最好的結果……？這樣最好……？」

「是啊，這是最好的結果。」

竜兒沒有說謊。他把書包擺回平常的位置，手機裝在充電器上，然後脫下立領學生服。

「這樣對大河最好。她會來我們家，原本就只是避免餓死的緊急措施。現在問題解決了，所以她不會再來了……這樣最好。」

「什麼是最好～～？」

竜兒把脫下的立領學生服掛上衣架，一如往常噴上消臭噴霧，然後以俐落的手法理好衣服，腦裡同時想著剛才買的三片鰤魚，其中一片就當成明天便當的配菜吧。決定好食物的處理方式之後，竜兒的思緒也逐漸整理清楚。

「大河的爸爸人在樓下。他要和跟大河感情不好的後母離婚，也想再和大河一起住。這是好事，不是嗎？」

竜兒簡單明瞭地說個清楚。

「嗯……」

沒想到臉貼著矮飯桌的泰子似乎不怎麼認同，她睜著孩子氣的大眼睛，望著換好衣服走出房間的竜兒：

「總覺得她的爸爸真任性……」

「怎麼這麼說？」

「因為啊……總覺得～」

噘起嘴巴的泰子不知道想到什麼，不再繼續說下去。「算了。」她聳聳肩膀，穿著運動服走向洗手間準備上班，以一如往常的悠哉語氣說道：「泰泰沒資格說人家爸爸的是非～」

竜兒只是默不作聲望著母親的背影。

聽到母親說大河的爸爸任性，竜兒也無法反駁。

可是無論如何，能讓大河回到爸爸的身邊真是太好了——竜兒是這麼認為。

他想起某天發生的事。那時候的自己比現在矮，總是望著泰子的背影。

某天早上，泰子突然說：「今天跟幼稚園請假吧！」於是兩人搭乘電車，不斷換車再換車，來到不知名的地方。竜兒覺得很累，所以泰子在車站月台買了一個紅豆麵包給他吃。走出剪票口，泰子牽著竜兒的手，來到古老大房子並排的住宅區，轉過無數個看起來都一樣的轉角，終於帶著竜兒來到小公園的長椅坐下。泰子一直站著凝視某間松樹環繞的房子，過了好幾個小時依然一直看著從這裡可以看見的二樓窗子。「媽～～」即使竜兒出聲呼喚她，她依然一動也不動，竜兒又叫了兩聲「媽～～」，泰子還是沒有回應，於是竜兒心想還是不要叫她，兩個人就這麼沉默不語。四周不知道在什麼時候變成黃昏，當黑夜來臨之時，泰子總算回過頭，笑著說聲：「對不起。」然後兩人緊緊牽手踏上歸途，回到當時住的地方。

當時的竜兒不了解這是怎麼回事，不過現在回想起來，那裡應該就是泰子的娘家。當時正好是高須家經濟最窘迫的時期，泰子讓竜兒去上幼稚園，從早到晚拚命工作，也因此把身體搞壞了。雖然不知道得了什麼病，但有好一段時間都得上醫院就診。當時的竜兒總是一個人待在醫院附設托兒所裡好幾個小時。

好難受，好想回家，可是不能回家，而且也回不去——當時才二十歲出頭的泰子猶豫了好幾個小時，只是望著老家的窗戶，手裡牽著不被允許的孩子，回不了家。

泰子好可憐——這是不被允許的孩子內心想法。那個女孩子的年齡，和現在的竜兒差不多，她一個人到底抱持什麼想法看待不回來的丈夫，還有回不去的娘家？她是不是也曾想過哪個選擇是對的、哪個選擇是錯的？

是否也曾感到後悔？

「小竜～～！嗚～～捲髮用的定型液沒有了～～！」

「還有備用的吧！就在洗手台底下！」

……一定後悔過吧。

站在廚房裡的竜兒打開購物袋，洗淨雙手之後拿出三片鰤魚。魚皮朝下擺在盤子上，手法俐落地翻動鰤魚，以目測的方式用杯子倒進醬油、酒和味醂。醃魚的同時開始準備味噌湯。飯不用煮沒關係，冰箱裡還有。

竜兒希望自己多少能夠幫上她的忙，因為她沒辦法依靠父母，只能依靠自己的孩子。竜兒只希望她能夠很高興有我在、不後悔自己的決定。這樣一來，竜兒多少也能慰藉自己的悲傷——一直以來他只是這麼希望。

因此竜兒不希望另外一名女孩子也遭遇同樣的悲傷。想起她跑開的背影，口中不斷重複同樣的話——

果然是最好的結局。那麼糟的親子關係，當然不可能要求兩個人今天或明天就開始一起生活，不過還是可以慢慢來。

這絕對是最好的結局。

4

「唉，隨便怎樣都好啦。」

大河說完之後又別過臉。妳能不能坦率一點？無奈的竜兒只能望著她的側臉。

高須家的餐桌回到母子兩人獨處的狀態已經過了幾天。秋意一天一天加深，今天早晨的風已經非常冰冷。

「總之……啊～好冷……」

秋風吹散大河的頭髮，她忍不住閉上眼睛、縮起肩膀。竜兒也將原本打開的立領學生服前襟全部扣上，雙手插進口袋。四散的落葉為步道更添一層色彩，葉子被黎明時分所下的一場小雨濡濕、貼在柏油路上。濕潤落葉的香氣，還有風停下的瞬間，肌膚感覺到的陽光暖意，讓人不由自主深呼吸一口氣。應該只有現在覺得冷，等到中午過後，空氣一定會因為殘留少許夏天氣息的陽光而變得暖和。

竜兒稍微加快腳步，與走在前頭的大河並肩而行。配合她的腳步，大小有些差距的影子並排在一起。

「只要沒有風就不會覺得那麼冷……整件事的來龍去脈我知道，不過妳打算怎麼處理川嶋？普通方法行不通吧？」

「我已經準備好『誘餌』了。是用來對付蠢蛋吉顯得有點浪費的好東西。」

大河拿起購物袋，讓竜兒看看裡面包裝精美的小盒子。

「喔，這是昨天那間餐廳的點心嗎？」

「沒錯，我打算狠狠增加她的卡路里。這可是名店的好東西，蠢蛋吉一定會喜歡……把這個給她，『拜託』她看看……唔——！想到要去拜託蠢蛋吉，就讓我不爽到想吐！」

「好啦好啦……呵呵呵……」

竜兒一邊安慰大河，卻藏不住微妙上揚的嘴角。大河的眉毛突然往上吊，揮舞帆布袋襲擊竜兒的屁股。

「好痛！」

「笑什麼笑啊！噁心死了！幹嘛學蠢蛋吉討人厭的笑法！叫人生氣的垂耳狗！」

「誰是垂耳狗啊！而且我哪有笑？呵呵呵……」

「你現在就在笑！」

沒辦法，誰教大河那麼不老實，嘴上說什麼「怎樣都好、無所謂啦」，竜兒等著看她到底能夠逞強到幾時，當然會很想笑。竜兒用手遮著上揚的嘴角，一邊閃躲大河的帆布袋攻擊，一邊踏著謎蹤步在充滿落葉氣息的步道快步前進。生氣的大河放聲大叫：

「算了！你一定有在笑！你在嘲笑我！反正那種事怎樣都好！沒錯！我無所謂！要我去求蠢蛋吉真是太蠢了！放棄放棄——！」

大河氣沖沖地走過竜兒身邊，這回換成竜兒追趕大河。

「等一下！我沒有嘲笑妳的意思！對不起對不起，我只是開玩笑的！妳就別再逞強了，今天好好求一下川嶋，否則明天就是正式演出了。」

大河突然停下腳步，睜大眼睛盯著竜兒，低聲喃喃說道：

「啊，對喔……就是明天了……」

「對吧？是啊，連我自己都覺得心驚膽跳。時間真快，就是明天了。」

上課都快遲到了，兩人還在感嘆時光飛逝，為此驚訝不已。沒錯，明天就是校慶。每天都在練習與準備，一不留神就到校慶了。畢竟要做的事情很多——排練、做道具，還要挑選衣服，而且今天放學之後還要設置最重要的摔角擂台。

「時間已經所剩無幾，現在可不能再說『怎樣都好』。明天要讓妳爸爸看到最關鍵的演出，所以一定需要川嶋幫忙。」

「就說我無所謂了……」

大河再次往前走，說話的聲音愈來愈小。竜兒明白大河並非真的無所謂，大河的「無所謂」就是「有所謂」，對竜兒來說也是「有所謂」——他已經下定決心，無論如何都要改善大河與爸爸之間的關係。

「妳爸爸也很努力啊。自從那天之後，每天晚上都來接妳去餐廳吃飯，然後送妳回來，還打算化身高中生參加無聊的公立高中校慶。」

「都說我不在乎了。只是這點小事怎麼可能讓我忘記過去的一切相信他？嗯……我只是想說陪陪他也沒關係，而且昨天的餐廳實在很不錯……」

竜兒沒有多說什麼，只是在一旁靜靜看著大河。大河願意「陪陪爸爸」，比起那天的「蛋刑」已經有了長足的進步。這樣子大河爸爸的努力也算沒有白費，真是太好了——竜兒真想為這對父女鼓掌。

不過那個歐吉桑為了贏回大河的信賴，竟然願意做到這種地步，他的努力的確值得感嘆。擁有工作與地位的男人，竟然每天晚上風雨無阻陪同女兒一起吃晚餐，和女兒獨處的時間，要比任何工作來得重要。

某天晚上，大河住的大樓與高須家之間的道路正在施工而禁止通行，大河爸爸還發了簡訊給竜兒：「請到車子進不去的地方接大河。幸好之前問過你的電話號碼，真是太好了！」

……這位過度保護女兒、連讓她一個人走幾十公尺昏暗夜路都不肯的爸爸，身穿讓人眼睛一亮的酒紅色V領毛衣，與穿著千鳥格紋連身洋裝的大河站在一起，在簡陋的路燈底下一面揮動雙手一面微笑。過度開朗的笑容讓竜兒忘記來接人的麻煩，不知不覺跟著微笑回應。他真是位親切的歐吉桑——雖然女兒以不爽的表情罵他：「慢死了！」

竜兒回想起那個畫面又忍不住想笑，還是在千鈞一髮之際按捺下來。他再度俯視大河的髮旋……他不是喜歡髮旋，而是這個身高差距與距離，他只能看到大河的髮旋與鼻尖。

「所以妳爸爸會在星期六過來參觀校慶，然後在妳家住一晚嗎？這應該是他第一次在妳家過夜吧？」

「嗯，第一次也是最後一次。要不是因為星期日一大早有事要處理，我才不希望他住我那裡，太煩了。」

大河抬頭看向竜兒，面無表情撥動頭髮。

「有事要處理？」

「是啊，星期日早上房屋仲介會來估價。」

「估價。」

竜兒像鸚鵡一樣複誦一次，這麼無聊的對話，就連小鸚都不屑一顧。竜兒雖然不曾考慮過這種可能性，不過話說回來的確如此——

要是和爸爸一起住，大河就沒必要自己一個人住在那棟大樓了。看不順眼的繼母已經消失，她終於有家可歸。

「可、可是……有必要搬家嗎？現在住的大樓離學校比較近……就和妳爸爸一起住在現在的住所不行嗎？」

竜兒裝出若無其事的樣子說出真心話，設法掩飾真心話背後隱藏的打擊。

「他說兩個人住在那邊太擠了。」

「這樣啊……」

真的要搬走了？

壞心的冷風瞬間吹過竜兒的脖子，竜兒盡可能無視那股寒意，振作顫抖的內心說道：

「喂，開什麼玩笑，光是妳家的客廳就比我家大上好幾倍。」

竜兒開玩笑地用手指按了一下大河的髮旋，然後做好防守，準備迎接掌中老虎的凶猛反擊，可是——

「我在老家那裡沒有什麼好回憶，所以不想回去，也覺得一起住在現在的大樓就好了。可是爸——那傢伙卻已經開始找房子，說要住透天的……前幾天吃完飯回家的路上過去看一下。雖然只看了外面，但是我覺得還算普通……大概還可以吧。」

大河出乎意料只是一個人自言自語，靜靜走在竜兒身旁。此刻的她完全無視身旁的竜兒，滿腦子都是其他事。

大河的腦袋裡，滿滿都是爸爸的事。

每天晚上陪他一起吃飯、也不排斥搬家住在一起、心情也不壞……並非只有爸爸單方面努力付出，大河也全力接受爸爸的付出，努力學習信任曾經憎恨的爸爸。是啊，甚至因為聽到爸爸要來參觀校慶，竟然打算拜託天敵亞美和自己交換角色，改演「好人」。

這是好事。

竜兒在心底重複這句話，用力擠出笑容——這是好事。

「怎麼了？你果然是在嘲笑我。」

「就說我沒笑。」

「才怪——你在奸笑！算了，你在這裡暫停三十秒，我和小実先走，你等到看不見我們再走……咦？小実不在？真是稀奇，她遲到了嗎？」

「遲到的人是我們吧……」

「怎麼會？我今天又沒睡過頭……不會吧！哇，慘了！」

看看手錶，時間過得比想像中還快，竜兒嚇得幾乎跳起來。現在可不是悠閒聊天的時候，兩個人一起奔跑在被落葉點綴成紅黃相間的櫸木林蔭步道。大河在半路上滑倒摔跤，仍然憑藉一股幹勁重新站起。爸爸的思念在這個時候依然不忘守護笨拙的女兒吧？

竜兒不禁抬頭仰望秋季的藍天。

「竜兒——！你還在拖拖拉拉！如果你決定放棄然後慢慢走，那麼無計可施的我也是可以奉陪啦。」

「笨蛋……！快跑！」

＊＊＊

「如果不嫌棄，這個還請妳收下。」

亞美聽到這句話，一語不發看著遞過來的東西，沉默了幾秒鐘——

「討厭，這是什麼？動物的屍體？」

亞美一臉打從心底嫌棄的模樣，皺起她的柳葉眉。放學之後一片騷亂的教室裡，這個兩人休息的角落，成了「空中氣渦」（註：AIR POCKET，天空中因為下沉氣流而造成飛機失去上升力道的區域。高山上空特別常見），瞬間瀰漫一股冰冷敵對的氣氛。可是不因此感到退縮的大河繼續說道：

「唉呀，蠢蛋吉，我怎麼可能給妳那種東西。」

大河無奈地聳聳肩，忍下所有回擊的話語，堅持要把手裡的東西遞給亞美。那是一個包裝精美的小盒子，也是大河所說的「誘餌」。她硬把盒子塞到亞美胸前，就算不想要的亞美拚命閃躲，依然不肯停手。

「這個給妳。收下吧，蠢蛋吉——」

「不要，我不要。妳送我東西，一定有什麼企圖。」

亞美真不愧是黑心界的第一把交椅，對於其他人的小手段，神經要比任何人都還要敏銳。她猜對了，的確有所企圖。連在一旁觀看的竜兒也忍不住低聲說了一句：「真是驚人的洞察力。」

「沒有沒有，我沒有什麼企圖。」

大河的手在面前揮舞，和爸爸一樣親切地睜大眼睛、噘起嘴巴說道：

「我只是想把這個送給蠢蛋吉而已。我認為蠢蛋吉一定會喜歡這個。」

「咦……？」

大河以普通女孩子的溫柔聲音說話，亞美面帶嫌惡望著大河，不過暫時不再閃躲。轉過來的臉上百般不願地皺起眉頭，但還是擺出姑且聽聽看的姿態。對，上吧！就是現在！竜兒悄悄聲援大河——

「勸妳別把每個人都當成像妳一樣黑心又雙重人格，確定有什麼好處才行動比較好。」

搞什麼！為什麼這個時候要突然冒出這句多餘的話？亞美的臉上立刻染上一片憤怒，變成薔薇色的臉頰。

「妳……虧我打算閉嘴聽妳說話……」

「妳就收下吧，川嶋。」

竜兒忍不住介入她們兩人之間，背對大河露出莫名親切的笑容——在亞美看來，八成只會認為他有什麼企圖吧？

「裡面可是好東西。妳就先收下，我敢保證妳看到裡面的東西一定會很開心。」

可是竜兒的親切也說服不了亞美。

「啥？跟你沒關係吧！」

去去去！亞美揮手要竜兒滾到一邊去。

「話是沒錯……」

「我絕對不收老虎的禮物。」

亞美把臉撇到一邊不理人。竜兒和大河一下子踢到鐵板，沒用的兩人不禁面面相覷。

放學後的教室裡，兩名美少女加上流氓臉的近距離對決即將爆發，氣氛逐漸緊張起來，然而沒有人有空注意他們，因為全班都在為了明天的校慶做準備。到處都聽得見笑聲與怒罵聲此起彼落，職業摔角秀的練習也漸入佳境。春田儼然是一副導演的姿態，集合體操社的同學練習後空翻的時機，然後不斷抱怨「不對——！重來！」只是一直被大家無視，感覺似乎快要被手下的「影子軍團」幹掉了。

窗外天空逐漸暗了下來，大聲吵鬧的並非只有二年C班，隔壁班與對面的班級都一樣，全校學生都在忙著做木工、拿著梯子走來走去、試穿神祕的女僕裝。北村也不在教室裡，為了學生會的準備工作在校園各處奔走。看來學生會這次拋出的獎品，不光只是引起二年C班的興趣，除了三年級的升學班之外，幾乎所有班級都參加今年的班級活動競賽。

在全校大肆騷動的漩渦當中——

「我、我想應該很好吃，妳吃吃看嘛！」

竜兒改採低姿態，試圖讓情況好轉。

「食物～～？」

只不過依然沒有任何吸引力。休息中的主角扭曲可愛的臉龐，瞪著壞蛋角色以及她的手下說道：

「愈來愈可怕——我更不想要了。」

斷然拒絕天敵遞來的東西，連收都不想收。大河平日的作為的確過分，沒想到竟然到了這個地步。這時候只有靠自己努力了——不死心的竜兒繼續扮演中間人：

「打開來看妳就知道了，我保證妳一定喜歡。收下吧、收下吧，先把包裝打開來看看嘛！好啦好啦！」

聽到竜兒熱情的勸說。「這是高須電視購物嗎？」口中唸唸有詞的亞美面露懷疑的眼神偏偏頭，卻也不想讓面前那個似乎是食物的東西掉在地上，於是她終於伸出雪白的手，心不甘情不願地接過小盒子，皺著一張臉看了包裝紙的標誌，突然睜大眼睛——

「啊？不會吧？真的是那個嗎！」

上勾了。

大河和竜兒悄悄交換視線。亞美無視兩人的舉動，拆開包裝紙，輕輕打開盒子——

「糟了，這是什麼？超糟糕的！」

亞美以比平常低的聲音小聲說道。盒子裡是想預約也不見得有，知名高級法國餐廳的MACARON（註：一種以蛋白霜、杏仁粉、白砂糖和糖霜做成的圓形法國甜點）——MACARON在盒子裡排成漂亮的彩虹。

「最近每天都被爸爸拉到外面吃飯，因為昨天去的這家法國餐廳真的很好吃，所以順便買個土產給蠢蛋吉。我想妳應該很喜歡這種東西吧？」

「和妳爸爸？吃飯？在這家店？」

亞美專心凝視MACARON的視線，突然布滿烏雲般的黑影，美麗的下巴也難得變得有些突出。

「不會吧……妳說什麼？我和模特兒同事都沒去過，為什麼妳和妳爸爸那種普通老百姓會去……真的假的？喔……怪不得妳最近在長痘痘，原來是有這種好事啊？」

亞美濕潤眼光的前方，也就是大河的下巴上，的確有一兩顆最近因為吃太好而冒出來的紅色痘痘。「哼！」亞美的嫉妒本性毫不保留攤在眼前，她不甘心地說道：

「爸爸……我聽說妳的爸媽好像離婚了?這個年紀就一個人生活，真是可憐啊～～喔——沒想到你們的感情還不錯嘛！」

直接道出別人的家務事，真是有夠沒禮貌。如果是過去的大河，肯定讓這個星球刮起七天七夜的腥風血雨。然而今天的大河不一樣，不論對方說什麼，她都顯得遊刃有餘。這隻女王虎的心早就塞滿頂級法國料理，彷彿包上一層厚厚的脂肪，吉娃娃這種小家子氣的攻擊對她來說，就像蚊子在叮一樣。

「感情還不錯。讓妳失望真是抱歉。」

呵——嘴角浮現微笑，帶著痘痘的大河遊刃有餘地避開攻擊。竜兒不禁自言自語：

「大河真是了不起。把自己天生帶有攻擊性的狹窄心胸隱藏得真好。」

這是好事——他一個人頻頻用力點頭。沒錯，這是好事、好事，絕對沒錯。

「蠢蛋吉，妳吃吃看嘛！」

「啥?叫我現在在這裡吃?為什麼?我才不要!這樣嘴巴會很乾。我雖然生氣，但是MACARON是無辜的，我要懷著感謝的心情把它帶回家，在家裡配上紅茶好好享用……可是，可惡——竟然讓妳這種小老百姓小不點搶先一步……下個週末我也要去……」

「不重要啦!快點吃，快點吃快點吃快點吃啦!」

「我才不要，妳很煩耶?妳幹嘛啦!」

「吃吃看嘛——！」

大河像小孩子一樣任性喊叫，開始攀爬亞美的身體。雙手穩穩抓住亞美身上穿的運動服，穿著室內鞋的腳用力踏上亞美的屁股。

「喂，別鬧啦，不准拉人家的運動服！會鬆掉啦——！而且妳的室內鞋還穿去廁所！不准踏上我的身體！啊啊～～吵死了！我吃就是了！」

亞美輸給怎麼甩也甩不掉的大河，終於拋了一個MACARON到嘴裡。像猴子一樣吊在亞美身上的大河小聲說道：

「妳吃了……」

她跳回地面，和亞美保持一段距離，一直看著亞美把MACARON吞下。亞美拍拍雪白的雙手：

「好，我吃了我吃了，很好吃很好吃！可以了吧？走開！解散解散！有時候妳真的很黏人，煩死了。」

「妳吃了！那妳就要聽我的話！」

「看！果然有企圖！太可怕了……咳咳！」

亞美因為嗆到而咳出MACARON的殘渣，淚眼汪汪指著大河：

「妳這個傢伙真是大爛人！喂喂，高須同學，剛才的話你聽到了嗎？我還在想為什麼要

送我土產，沒想到妳是這種人！」

太過分了——！即使亞美這麼說，竜兒只能在一旁陪笑，因為他也是幫凶。竜兒事不關己地轉動脖子，視線自亞美往上翹的漂亮眼角移開。大河靠近亞美身邊說道：

「既然收下我的點心，那麼明天校慶的職業摔角秀，我要跟妳交換角色。一次就好，我不要當壞人，我想當好人。」

大河終於說出口了。這可是捨棄羞恥、面子與個人意志的請求。

「啥？為什麼？」

唔！大河的嘴巴噘成像貓咪一樣，大概是現在才感到丟臉，大河抓著亞美的運動服下襬，用全身體重拉扯，就好像是在玩風帆一樣。

「明天我爸爸要來校慶，可是我說不出自己是當壞蛋……只說自己的台詞很多，他就擅自以為是話劇……還說我既然演主角，他一定要來看……」

「可是話劇還有主角什麼，統統都是騙人的。」

「這我當然知道，這只是那個長髮笨蛋想出來的沒救又低級的職業摔角秀而已！可是已經沒辦法改變了啊！不管怎麼樣，他要來還是會來！所以至少在角色上，我想讓他看我演主角！我不想開口叫他不要來看！」

「嗯——」

亞美眼裡的光芒並不是被打動，而是冷冷地看著大河，抓住運動服下襬搶回來，動動嘴唇似乎打算說什麼壞心的話，卻又把話吞回去。斟酌了好一會兒，亞美的手指緩緩撫過嘴邊，小聲說道：

「有了♡妳爸爸是不是也會來看『校花比賽』？妳有告訴他妳要出賽嗎？」

「嗯……說了……雖然我不想說，可是一不小心……」

呵。亞美好像是想到什麼有趣的笑話，瞇起眼睛笑了起來：

「這樣也好……這樣就可以確保妳一定會參加『校花比賽』，如果只有我們班不配合，我身為主持人的面子也會掛不住。嗯，好吧，妳爸爸來的那一場，我們就交換角色。唉，對於總是當女主角的亞美美來說，偶爾當當壞人也滿好玩的。至於原因嘛，我會幫妳一起瞞著大家，反正妳這個『戀父情結』的女兒，一定不敢告訴大家為什麼交換角色。」

「誰戀父——」

「好・了・好・了♡」

亞美反過來貼近大河，彎下身子看著她的臉，以莫名甜美的聲音說道：

「不過話說回來，妳爸爸是做什麼工作的～～？從妳的描述裡，我聞到一股貴婦人的味道喔～～？我可以和妳交換角色，但是相反的，妳要告訴爸爸『校花比賽』的主持人是妳的朋友、是個模特兒，而且超可愛超有禮貌又超棒的！幫亞美美多說點好話，讓我和他打好關係。咦？問我為什麼？即使工作方面沒有往來，和可以進去那家餐廳的人打好關係，也算是很好的人脈～～！」

「唔哇！怎麼會有這麼討人厭的女人……」

「妳說什麼！我都聽從妳的請求了，妳竟然說這種話？」

交易完成——應該吧。

亞美和大河如同往常一般，一邊尖聲喊叫一邊在教室裡繞圈圈，竜兒只能一臉無奈呆呆看著她們。

「妳一定要介紹妳爸爸給我認識，聽到了沒！」

就在亞美提高聲音之際——

「大河的爸爸……？怎麼了？」

為了明天正式登場，実乃梨一邊擦拭禿頭頭套、一邊走近竜兒。她跟我說話了！竜兒像狗一樣開心到快跳起來，好不容易才克制自己的興奮，儘量擺出若無其事的表情說明事情經過，同時心裡覺得奇怪——她什麼都不知道嗎？

「那傢伙的爸爸說明天要來參觀校慶。川嶋聽到這個消息，就要大河介紹爸爸給她認識，兩個人才會吵吵鬧鬧。我是不知道她在期待什麼。」

話才說到一半——

「……」

実乃梨突然閉上嘴巴、屏住呼吸、睜大的黑色眼睛閃閃發光，只是盯著眼前的竜兒。有點圓潤的臉頰線條上，有著充滿力量的酒窩——真是太可愛了。顯得很輕鬆的竜兒就這麼看著她的圓臉。

「怎、怎麼了？」

過了幾秒鐘，竜兒終於發現情況不對勁。実乃梨彷彿聽到什麼十分意外的事情，沒辦法繼續說話，整個人像是結冰一樣，臉上露出僵硬的表情。平常無論發生什麼事，実乃梨都會用正面思考來解決，是個非常積極正面的太陽之女——難道我剛才說了什麼奇怪的事嗎？

「為……為什麼？」

実乃梨總算開口，聲音有著莫名的焦慮與不安。

「妳問我為什麼——」

在她面前的竜兒也不禁語塞。到底怎麼了？我說錯了什麼話？

実乃梨突然快速環顧四周，並且若無其事背對正和亞美扭打成一團的大河，把竜兒夾在自己和牆壁中間，再度開口：

「到底為什麼……喂，告訴我。」

僵硬的臉上沒有一絲笑意，眉頭緊鎖，一臉嚴肅地咬著嘴唇。竜兒還是第一次看到実乃梨露出這種表情，從來不曾想過実乃梨會有這種表情。開朗的笑容、滑稽的怪表情、有時候又會瞬間流露少女的焦慮——竜兒只知道実乃梨的這些表情。

「不要沉默不語，告訴我。大河的爸爸這次打算做什麼？」

「打算做什麼？就是參觀校慶……」

「所以我問你他來幹嘛！」

実乃梨突然吼出類似慘叫的聲音，竜兒不禁嚇了一跳。実乃梨自己似乎也嚇到了，連忙閉嘴，闔上眼睛想讓自己冷靜下來。接著她再度睜開眼睛，吐出一口長長的氣。這下子竜兒終於懂了。

実乃梨在生氣。

可是疑惑也在搞懂的瞬間有如閃電射入竜兒腦裡——実乃梨為什麼突然發脾氣？未免太沒道理、不知為何、太過唐突了吧？竜兒根本不了解這是什麼意思。

面對一言不發的竜兒，実乃梨以焦急的聲音說道：

「我問你，高須同學，為什麼他會出現？你知道原因的話就告訴我，大河究竟怎麼了？為什麼這個時候會冒出她爸爸？」

実乃梨的語氣簡直像是機器人的聲音。竜兒耳朵聽著平常聽不到的快嘴，而且話中似乎充滿對竜兒的責備。完全不知道原因，卻又不能無視她的問題，竜兒也只能說：

「大河要搬去和她爸爸一起住。過去的狀況櫛枝應該也很清楚，然後最近他們兩個人又要重新建立親子關係了。」

竜兒盡量保持冷靜，說出他知道的事實。

下一秒。

「……」

実乃梨說不出話來。

可以清楚看見制服底下的胸部因為吸了一口氣而膨脹，而且她的臉在竜兒面前失去血色，張開無法吐氣的嘴唇，只能無力顫抖。她的反應與泰子隨性結束話題的反應不同，看起來就像受到莫大的衝擊。

「妳還好嗎？喂，不太對勁喔，到底怎麼了？」

竜兒雖然有幾分猶豫，還是輕輕把手伸向実乃梨的肩膀，他想抓住她的肩膀，要她振作一點。然而——

「什麼……」

実乃梨的眼裡已經看不到竜兒或其他任何東西。她一面搖晃身體一面甩開竜兒的手，用力握著修剪整齊的指甲，另一隻手保持抓住禿頭頭套的姿勢說道：

「這算什麼！少開玩笑了！」

実乃梨又說了一次同樣的話，竜兒不知道她這句話是說給誰聽。接著実乃梨轉身背對竜兒，邁出腳步準備去找大河。

「等一下！」

竜兒不知不覺抓住実乃梨的手想要阻止她，肌膚相親的觸感，並沒有戀愛的熱度。轉頭的実乃梨眼中閃著近似敵意的晦澀光芒。

「高須同學，放手。」

「妳要去哪裡？打算做什麼？妳現在昏了頭，拜託稍微冷靜一點。」

「昏了頭的人是大河。」

這回輪到竜兒說不出話來。

「大河一定是昏了頭，我得讓她清醒過來。我得告訴她，不可以相信那種爸爸。」

「這──」

竜兒因為震驚而感到全身寒毛倒豎、皮膚冒出雞皮疙瘩。冷靜、冷靜──這一次他是說給自己聽。

「妳為什麼要說那種話？妳不是大河最要好的朋友嗎？為什麼說出那麼過分的話……為什麼妳不為她感到高興？」

「高興？我？為什麼？大河的爸爸在這個時候出現，而且大河還相信那種爸爸說的話，你要我高興什麼？我絕對沒有辦法笑著看朋友受傷！」

妳的意思是說，我在笑著看大河受傷嗎？竜兒能夠吞下這股衝動簡直就是奇蹟。眼前的人是櫛枝実乃梨，是我喜歡的女孩——竜兒猶如複誦咒語，在心中不斷唸著這句話，好不容易才壓抑怒吼的衝動，以冷靜的聲音開口：

「這樣會不會太誇張了？大河的爸爸只是一個很平常，又有點超乎平常地喜歡自己的女兒、只是想要好好疼愛女兒的歐吉桑而已。他或許犯過錯，也傷害過大河，但是現在的他拚命想要彌補這個錯，而且大河也很努力回應。妳只是一個旁觀者，憑什麼說出那種話？妳明明什麼都不知道……」

竜兒深呼吸一口氣，企圖讓自己冷靜下來。可是実乃梨連聽都不聽，也不想伸出援手，只是瞇起眼睛繼續責備竜兒：

「高須同學見過大河的爸爸嗎？應該見過了……就是因為見過才會這樣。我懂了，高須同學要把大河推入火坑……高須同學，你和大河的爸爸見面時，有沒有睜開兩隻眼睛看清楚？你的兩隻眼睛是不是確實睜開？」

「什麼？這是什麼意思？我當然有睜開！」

「算了，我明白了。我和你多說無益。」

「妳說什麼！」

竜兒的聲音因為壓抑而變得低啞，難以順利發聲。

「少說些自以為是的話！為什麼是妳？為什麼妳不為大河感到高興？妳才給我睜開眼睛看清楚！」

竜兒一直相信実乃梨這個有如太陽的女孩，一定比誰都希望大河能夠幸福、一定比誰都還要祝福大河和她爸爸、一定比誰都高興大河重新擁有家人、一定會和自己一起看著幸福的大河、一定會笑著對我說：「這是最棒的結果。」

愈是相信，愈會因為背叛而受傷。那個傷已經遠遠超出竜兒能夠理解的範圍，光是凝視傷口，就會感到腦充血。

「因為我不相信大河的爸爸。」

「相不相信是由妳決定嗎？應該是大河吧！」

「所以我現在要去告訴大河，要她別相信！」

「妳少多管閒事！」

「和你沒關係！」

「和妳更沒關係！」

怎麼會有這麼傲慢的傢伙——為什麼她說得出這種話？

竜兒用快要噴火的眼睛瞪視実乃梨，不過実乃梨也不是省油的燈，不會因為這種事而退縮。兩人互瞪對方大口喘氣，周圍的同學也開始注意到他們的爭執。

「櫛枝怎麼了？怎麼好像……」

「剛才怒吼的人是高須……？」

在一片嘈雜聲中，嚇了一跳的大河看向兩人，看樣子她現在才發現兩個人在吵架。大河驚訝地睜大眼睛、張開嘴巴，來回看著竜兒與実乃梨。然後大河採取的行動是——

「竜……竜兒！」

拚命跑到兩人身邊。

「小実！」

竜兒第一次見到大河臉上出現這種表情——不安窺視兩人的臉，但是努力想要露出笑容，想用一笑帶過剛才發生的一切。

「握手——！」

大河擠到兩個人中間，雙手抓住兩人的手，硬是要他們握手。可是竜兒用力握緊拳頭抗拒，兩人的指關節碰在一起，竜兒反射動作揮開大河的手，眼睛瞪視実乃梨。不過実乃梨已經不再看著竜兒，只是望著自己的室內鞋。

竜兒不想理會後面的事。不管誰說什麼、不管実乃梨擺出什麼表情，他已經統統不管，只留下一句「關我什麼事」。

竜兒的知覺已經麻痺，幾乎一片空白的他拋下一切，就這樣跑出教室。

＊＊＊

不認識竜兒的傢伙，都說竜兒是流氓、小混混、累犯。

認識竜兒的朋友會說竜兒是溫柔的人，是個既親切又認真，很像老媽子的奇怪高中生。

這種性格可能是與生俱來，也有人說是遺傳自養育竜兒長大的粗線條母親泰子。自從懂事開始，竜兒就同時擔任兒子、專業家庭主婦，與泰子保鑣的角色，因此比其他小孩還要獨立。沉著的他忍耐孩子氣的任性、不滿、不平，度過每一個日子，才造就出「竜兒」這個人。他每天都以有如楊柳的柔軟身段面對周圍發生的事，要是他不這麼做，高須家有點不穩定的母子生活，早就鬧得天翻地覆。

另外再加上遺傳自爸爸的流氓臉，這也是迫使竜兒性格穩重的原因。

竜兒什麼都沒做，大家只要看到他，就會把他當成暴力分子，因為害怕而心生膽怯，甚至說些過分的話，並且以理所當然的態度把竜兒排除在團體之外。老是遇到這種事，竜兒早就有所覺悟，因此他要求自己活得比一般人正直、溫柔，無論面對什麼事情都不怨恨、不執拗，坦率地過日子。他相信只要這麼做，總有一天會有人理解，而且這些人也會成為他的朋友。只要有理解自己的朋友，無論發生什麼事，朋友都會為了竜兒挺身而出；無論什麼時候，朋友都知道竜兒其實是個好人。

在今天之前，竜兒知道自己發火或是不耐煩，最後痛苦的人一定是自己，因此他從來不把這些情緒表現出來——

「真想死——」

這算懲罰吧？

並排在階梯轉角的兩台販賣機中間，有一個大約五十公分的縫隙，此刻的竜兒就擠在縫裡面，陷入自我毀滅的情緒，而且雙手還握著六罐冰咖啡。現在的氣溫可能不到十度，竜兒抱著冰冷鋁罐的手指快要凍僵了。

生氣的竜兒做了不應該做的事——「遷怒」。他用全身的力量，狠很踹了無辜的自動販賣機。結果自動販賣機凹了進去，吐出一罐罐的冰咖啡，滾到竜兒腳邊。

或許只要把冰咖啡擺在地上就行了，可是他的身體就像麻痺一樣，一根手指也動不了。而且他多少有些自我懲罰的想法，即使手已經失去知覺，仍然繼續拿著冰咖啡。

都是実乃梨的錯。

可是我也有大吼大叫。

若是時間能夠回頭，一切都能獲得解決吧？問題是逝去的時間不會回來，絕對不會回來，所以現在的竜兒真的很想死。

他不知道自己在這裡坐了多久。四周一片寂靜，感覺不到時間的流逝，竜兒無法思考，連回想剛才發生的事都不願意。

如果就這樣死在這裡……実乃梨多少也會為我哭泣吧？

「笨、蛋、先、生。」

耳朵突然聽到溫柔的聲音。

「別煩我……」

不用看臉，光是聞到飄來的香水甜味，就知道那個以優雅步伐現身的傢伙是誰。

「那個縫是我專用的。」

亞美的雙手抱胸，長睫毛優雅下垂，在星星瞳孔上映下影子，嘴邊露出淡淡的微笑。她貼近坐在地上的竜兒，俯看他的身影。

「誰說的？」

「我。起來，閃開閃開，給我站起來。」

纖細到好像只有骨頭的手指，抓住竜兒冰冷的手。柔軟的觸感沒有半點惡作劇的意思。毫無心機的亞美用力把竜兒從縫裡拉起來，然後自己坐進縫隙之中。

「你看，亞美美的體型坐起來剛好，這裡果然是我專用的縫。」

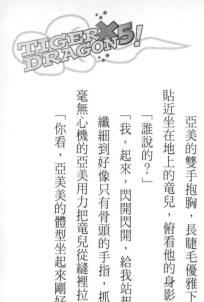

呵。亞美的笑容帶著得意，沒辦法的竜兒只好盤腿坐在亞美前面。真是不可思議，就算此刻看見亞美高傲的眼神以及壞心眼的笑容，也不會感覺太糟糕。這個女人不論我露出多麼低潮的樣子，也不會體貼地安慰我——正因為明白這點，所以反而能夠放鬆、可以盡情低潮，不用擔心讓她看到。

「櫛枝怎麼了？」

「這堆咖啡是怎麼回事？我是不太喜歡罐裝咖啡啦。実乃梨已經回去了。」

「不會吧……哇啊！」

竜兒把臉貼近膝蓋。「啊——已經沒救了。」呻吟的竜兒同時明白「絕望」這個詞的意義——就是「沒希望、沒明天、沒未來」。

「還不是你自作自受，竟然對喜歡的女孩子大吼大叫。」

亞美一邊拉開拉環一邊說，沒想到竜兒竟然上鉤了。

「那是櫛枝的錯！因為她說了很過分的話，事情才會變這樣！」

「喔——？唉呀，我是不知道你們在吵什麼，不過你平常不會跟人吵架吧？而且對方又是女孩子，而且還是喜歡的女孩子。」

「吵死了……一切都已經無所謂了。我真的很生氣，不敢相信那個傢伙竟然……太差勁了。我到現在才看清楚她的本性，沒想到她會說那種話……」

察覺到自己是在撒嬌，也知道自己放下身為「男人」的尊嚴，可是話既然已經說出口，就不能當作沒說過。

「哇啊，遜斃了。拜託你別對我說些有的沒有的，我沒興趣。你以為我會溫柔地站在你那邊安慰你嗎？」

「也對。」

亞美無奈地挑動眉毛，事不關己地啜飲罐裝咖啡。竜兒好一陣子說不出話，只是凝視亞美鼓動的喉嚨。

「妳可以幫我把書包拿過來嗎？我想直接回家了。」

既然已經讓亞美看到沒用的一面，乾脆一路撒嬌到底。

「我才不要～」

早就料到她那壞心眼的視線，還有看不起人的說話方式。

「我只是打算休息一下就回教室。你和我一起回去就好了。」

「不好吧……大家好不容易把氣氛炒熱，全都被我毀了……」

「話是沒錯——不過我已經打過圓場，要大家別管你們，我想應該沒事了。大家又和之前一樣繼續練習。」

「打圓場……？妳？」

「這種事對我來說輕而易舉。哪像掌中老虎那個小不點，只知道神經兮兮豎起全身的寒毛，恫嚇周圍的同學。」

「那傢伙沒和櫛枝一起回家嗎？」

「她原本跟著跑上去，跑到跌倒之後就被実乃梨扔下。膝蓋擦傷一副快哭出來的樣子，還是奈奈子帶她去保健室的。現在應該已經回教室了吧？」

整個畫面就像親眼目睹一般，竜兒嘆了一口氣。到底是誰造成這種局面？他的腦中呈現環繞音效狀態，一個竜兒大喊「是実乃梨！」另一個竜兒無力地說「是我吧？」

不過竜兒絕對不接受実乃梨所說的話，因為他完全無法理解。即使他祈求時間倒轉，而且時間也真的倒轉，他仍然無法認同実乃梨說的話。不論他多想回到那一刻、不論他多麼後悔、多麼絕望，竜兒還是會開口反駁，企圖扭轉実乃梨傲慢的想法——這是件好事，所以要為大河高興。

「也該休息夠了，回教室吧。」

亞美一口喝乾罐裝咖啡，將罐子準確拋進垃圾桶。「漂亮！不愧是亞美美！」擺出勝利姿勢。

「好了，走吧，不要緊的。」

就像男同學之間的動作，亞美抓住竜兒立領學生服底下的手，然後有點粗魯地摟住竜兒的肩膀。兩人相去不遠的身高，讓亞美漂亮的臉蛋極度接近竜兒。就算是在這種時候，那對有著雙眼皮的美麗眼睛還是一樣吸引人。

「和我一起就敢進教室了吧？裝作什麼事都沒發生就行了。」

到底是為什麼？今天她的眼中沒有平日捉弄人的色彩，也沒有教人搞不清楚到底是誘惑還是玩弄的味道。

只有真心的親近，用「朋友」的眼神為竜兒打氣。或許是因為此時此刻的竜兒，已經低潮到極點了……

「妳真的變了。」

——可是我很感激妳。

「看得出來？」

「只有妳一個人變成大人了。」

呵——亞美轉開視線，沒有看向竜兒，而是面對等一下的前進方向。

「我從以前就一直是大人，不過倒是有一點變……我稍微想了一下。思考之後，想要改變——我也想過要改變……改變自己……」

說話的亞美臉上似乎隱藏一絲猶豫。

「我也想要改變。到底該怎麼做才好？川嶋，妳覺得呢？」

「不要撒嬌了，自己想。」

亞美轉過來的臉上，帶著一如往常的壞心微笑。

「我不像掌中老虎那樣，和你緊緊黏在一起；也不像実乃梨那樣，是你『閃耀光芒的太陽』。我，川嶋亞美和你站在同一塊地上、同一條路上，只是比你先走幾步……來吧，我們回教室練習了。明天是快樂的校慶，也是正式表演的時候。」

亞美轉身搶先踏出一步。竜兒看著自己的腳好一會兒，終於抬頭看向亞美的背影。

空無一人的幾台自動販賣機，正中央的販賣機找零出口裡，留下用面紙包起來的六百圓硬幣，還附上寫有犯人姓名、班級的字條——機器是我弄壞的，對不起。

5

「哇啊！沒想到排了這麼多人……糟糕，我開始緊張了，怎麼辦……」

「冷靜一點，春田。」

「叫我冷靜？高高高……呀——！」

咚——！教室裡用黑色布幕分隔黑板前面的狹窄空間當作休息區，春田從關起的門縫偷窺走廊，卻突然大叫出聲往後倒下。周圍的同學有志一同伸出手，讓春田飽受一頓有如狂風暴雨的彈額頭攻擊。

「你在搞什麼啊，白痴！安靜一點！被外面聽到可是很掃興的！」

「多少有點總監的自覺行不行？笨蛋！」

「給我冷靜一點，豬頭！」

「痛痛痛！我又不是故意的！」

春田趴在地上匍匐前進，逃避眾人的彈額頭轟炸，用手指向背對眾人、正在準備舞台裝扮的黑色背影。

「還不是高須擺出恐怖的臉瞪我！」

「咦？我嗎？」

我只是要你別緊張而已——竜兒聽到朋友意外的發言，忍不住轉過頭來。

「唔！」

「啊啊啊啊啊！」

剛剛責備春田的傢伙也一起腳軟，逃到牆壁旁邊。「到底怎麼了？」竜兒不高興地偏著頭。換完衣服從更衣間走出來的大河，看到大家的騷動而皺起眉頭，抓住竜兒的肩膀說道：

「喂！你還在玩——啊～～！」

大河看到竜兒的臉，猛然翻身向後摔倒。這下子真的不對勁……竜兒拉起大河問道：

「怎麼連妳也這樣？為什麼大家看到我就大叫？」

「我太不小心了……竟然中了你的『大臉光』（註：出現於日本漫畫《金肉人》中，少數金肉家族少數人才能施展的招式。脫下面具之後，臉上發出光芒讓死人復活）……」

「我的臉……？啊，我的妝化太濃了嗎……」

竜兒總算明白了。雖然現在遮也於事無補，不過他還是用雙手掩住臉。

為了不讓光線透出舞台，這間用黑色布幕圍出來的窄小休息區裡，所有照明只仰賴一盞不知道誰帶來的小檯燈。在昏暗的空間裡，光線由竜兒的壞人臉下方往上打，造成的殺傷力遠勝過任何凶器。深藍色的上眼皮強調犀利三角眼的危險，超粗的下眼線更是自然醞釀出危險人物的風格。平常總是乾澀的嘴唇，現在用遮瑕霜塗得不像人類。頂著這張臉步上舞台，恐怕會帶給觀眾一輩子都難以磨滅的精神創傷。

「你到底想幹什麼？這隻地雷臉狗！」

大河把卸妝紙巾丟給竜兒。竜兒接過紙巾，的確有一點哀怨——我只是想表現我的幹勁而已。要我把這張壞人臉秀在觀眾面前，雖然會感到自卑，不過我還是要努力。這是為了報答同學昨天的恩情，感謝大家不在意我和実乃梨吵架而搞砸氣氛，所以我才要拚命演好壞人角色，只是這樣而已。

「你太拚了……」

「根本不需要這樣！」

大河直截了當否定竜兒的想法：

「你每次都是這樣，總覺得『自己還有哪裡不夠』，其實你這樣想的時候，就是剛剛好了，結果你每次都做得過頭。這點給我好好記在心裡。」

「我每次都很用心控制……話說回來，妳那張臉是怎麼回事？怎麼就妳一個人的臉這麼可愛？給我化壞人妝！我幫妳化！」

「免了，我這樣就好。」

大河端坐在竜兒身後，鏡子裡看到的她一臉輕鬆聳聳肩，臉上完全沒有化妝，和平常一樣素著臉，只有頭髮綁成高高的馬尾，勉強有點壞人角色的味道。「呵呵呵。」擺出一副了不起的嗤笑模樣，得意洋洋地張開訂做的漆黑披風，另一隻手以華麗的姿勢展開黑色羽毛扇，秀出招牌姿勢。

「我還要和蠢蛋吉交換角色，壞人妝就免了。」

「啊，也對。」

大河看起來很開心。因為妳最喜歡的爸爸今天要住在妳家，妳的心情才會這麼好吧？

自暴自棄的竜兒收攏和大河一樣的披風，開始卸掉過濃的妝。他的披風底下是黑色T恤與黑色運動褲，大河也是黑色T恤和黑色緊身褲，腳上隨意套著室內鞋。不過兩人一致的黑色打扮，怎麼看都很像壞人。

「對了，還有一件事更重要……你知道吧……」

「……好重。」

大河的身體靠到跪坐在地，正在拚命卸妝的竜兒背上。兩人的視線在鏡子中交會，大河以虐待狂的姿態拿著羽毛扇，擦過竜兒的恐怖臉孔，嘴巴極為接近竜兒的耳朵，在他耳邊低聲說道：

「今天早上說的事，你一定要做到。」

在大河殘虐的眼神之下，竜兒也只能點頭。事實是，在上學的路上，竜兒曾經試圖加以反抗，卻立刻遭到暴力相向。

你要跟小実道歉，一定要和她和好。

大河明明連發生什麼事都不知道，卻只是單方面地責怪竜兒，根本不懂竜兒的心情。不，應該說她連自己就是吵架主因這一點都不知道。既然竜兒沒有說出吵架的原因，大河理所當然不會知道。

「就說我知道了。不然就由妳負責讓我和櫛枝和好吧？妳今天早上不是仍然和平常一樣與櫛枝有說有笑？妳就若無其事地告訴她『跟竜兒和好嘛』不就得了？」

「你覺得我是那種能夠敏銳看出人心的糾葛，致力修復人際關係的人嗎？」

「原來妳也有自知之明……也對，這種事情妳怎麼做得來呢？真是抱歉抱歉。」

竜兒嘆口氣，並且把卸過頭的眼線重新描粗——他自己也知道，就算大河不說，他也想和実乃梨和好，也知道大河不可能當這次吵架的調停人，他必須做些什麼才行。另一方面，竜兒雖然想和実乃梨和好，卻不等於他接受実乃梨說的那些話。只要不化解這個芥蒂，兩個人絕對不可能真心和好。

竜兒的臉變得很恐怖，還是透過鏡子看往背後。

「喔！不愧是櫛枝，很適合妳。」

「真的嗎？很適合嗎？」

她到底穿了什麼？只聽見更衣間裡傳來開朗的聲音，而聲音的主人実乃梨卻始終隱藏在簾子另一頭，竜兒連她的一根頭髮也看不到。

「啊——真是沒出息的表情……快點和她和好啦！難得的校慶，如果你不早點和小実和好，就沒辦法跟她一起逛了。」

這點不用大河多說，竜兒自己也明白。他看著大河雪白的小臉——還不都是妳……恨意突然有如偶然降下的都市大雪，靜靜累積之後突破極限。

「嘿……」
「啊！」
竜兒用手裡的眼線筆，在可惡的大河臉上畫鬍子。
「你在幹什麼！」
「看我的、看我的！」
「啊——！」
繼續追擊。無論額頭還是下巴，竜兒全都不放過。面對笨狗突如其來的反擊，大河揮動雙手，像野獸一般四腳並用逃走。
「痛！」
「喂，高須！別讓老虎在狹窄的地方亂來！」
「哇啊！黑色布幕有危險——！」
在狹窄空間裡進行準備的同學非常頭痛。正當大河準備逃進堆滿小道具的桌子底下之時，脖子突然被人抓住。她發出尖叫，企圖甩開那隻手，可是抬頭看到手的主人，立刻就像中了魔法一樣定住不動。
「好了，差不多該靜下來了，第一次正式表演馬上就要開始。」
突然現身的人是北村。他是學生會副會長兼警衛兼現場管理，在二年C班的表演中還擔任「亞美組」的學生，上半身與其他配角一樣穿著白色T恤，下半身則是學校規定的運動褲，眼鏡一如往常閃閃發光。

「根據接待處傳來的通知，第一場公演的觀眾光是現在排隊的那些人，已經足以坐滿八成的座位。有些人是等到開演才會進來，所以我想應該能夠全部坐滿。」

喔……昏暗的休息區充滿低聲的鼓譟。

「哇啊，真的會客滿嗎？我還以為大家對摔角沒興趣。」

「而且人數是不是比去年多啊？一大早走廊上就一堆人。」

「說到去年，去年連我們學校的學生都不捧場，學校裡空空蕩蕩的。」

「今年也看到不少其他學校的客人。」

北村用力點頭：

「沒錯。今年學生會特地跑到附近學校拜訪，每天風雨無阻地大肆宣傳，也貼了不少海報，告訴大家『班級活動競賽』這個企劃，結果意外受到歡迎。再加上每個班級為了多搶幾張票，把就讀其他高中的國中同學統統找過來，就連國三考生的人數也比往年多。」

「耶——！國中女生……」

「這下不妙！可以去搭訕嗎？」

全班同學抱膝坐在狹窄的空間裡，忍受非比尋常的悶熱，彼此低聲說些什麼。

「丸尾，差不多該讓客人入座了。」

雖然聽到接待處女生的聲音，不過大家都默不作聲。被北村抓住而痛苦得快要死掉的大河也知道察言觀色，老老實實站起身來。隔了兩層黑色布幕的另一頭，開始傳來椅子在地上拖拉的聲音以及人群嘈雜聲，聽起來觀眾的確不少。

「各位，準備好了嗎？」

壓低聲音的亞美從黑色布幕縫隙颯爽現身。休息區的眾人看到她的打扮，全體一致用指尖鼓掌，避免發出聲音。

不愧是主角，果然是舞台之花。亞美身上的T恤和大家一樣，下半身則是向網球社女生借來的純白百褶裙，從裙襬底下伸出來的修長美腿閃閃發光。雖然裙子裡面一定有穿安全褲，不過——

「亞美真是太了解了……」

「太美了……」

男生們幾乎快要五體投地、一起拜倒在亞美令人目眩神迷的模樣面前，就連女孩子的冷漠漫罵也顯得不太在意。在最後一排隊伍入場之後，教室裡滿是觀眾嘈雜的喧鬧聲。

「好——就讓我們一起為了亞美的美腿鼓起幹勁——上吧，各位！」

笨蛋春田把音量壓低到了極限。全體點頭之後伸出右手，盡可能將手心緊密疊在一起。

頂著糟糕壞人妝的竜兒、把羽毛扇夾在腋下，壓在竜兒頭上的大河、點頭的北村、帶著天使微笑看著大家的亞美、與春田搭肩的能登、把T恤袖子往上捲、露出纖瘦肩膀的麻耶、微笑看著靠得太緊的男同學，聰明伶俐的奈奈子、玩笑開過頭而戴著公主頭的他、按著緊張狂跳心臟的她、到了此刻還緊抱劇本不放的那個人、又想要上廁所的那個人、每位同學——就連站在竜兒看不見之處的実乃梨也是一樣——

「那麼，希望我們二年C班班級活動競賽的職業摔角秀，第一場能夠順利成功！大家一起來！FIGHT————！」

「一發————！」（註：「FIGHT！一發！」是日本大正製藥的營養飲料「力保美達」在日本的廣告台詞）

YEAH……正當大家用安靜無聲的指尖鼓掌之時，不曉得誰小聲吐嘈了一句「為什麼是用力保美達的廣告台詞？」

＊＊＊

「請各位來賓不要停在這裡——！左手邊是舊校舍，右手邊是新校舍！怎麼都沒有人聽我說話～～！」

猶豫該往左邊還是右邊的人群，全部堵在V字形分岔的走廊。外校的水手服女生說著「哪邊哪邊？」有些人則是接近她們準備搭訕。來來往往的家長手拿著相機：「老婆，一年D班在哪邊？」「爸爸，是不是這邊？」成群結隊的國中生興奮地東奔西跑，更有人無端被捲入拉客的紛爭之中，被身穿圍裙的學妹抓住手「我們班有好吃的可麗餅喔……」，同時又被對面的人拉住「我們班的可麗餅是剛烤好的喔……」

面對這種混亂狀態，負責指揮人潮、戴著學生會臂章的女孩子已經快要哭出來了。

「拜託大家不要推不要擠！很危險……呀啊～～！嗯～～！」

只聽見女孩發出怪異的聲音，捲入混亂之中消失身影。戴著同樣臂章的男孩子連忙趕過來，把她從茫茫人海裡拉出來，只是這回變成男孩子遭到人海淹沒、推擠，連同楣運一起消失在走廊彼端。

就在這場混亂的角落——

「喔，有簡訊。這是什麼照片？」

「我看看……『二年C班的職業摔角秀超正點』……？」

「這不是川嶋亞美嗎——！有夠可愛的……咦？這個迷你裙是怎麼回事？照片再借我看一下！是誰傳來的？」

「我也要我也要！珍貴照片！這是誰拍的？」

「去看職業摔角秀的傢伙。他們還說『你們快來看！不良少年高須和掌中老虎超好笑』……不會吧？嚇死人了！」

「咦？很好看嗎？什麼東西？在哪邊？」

「我們也去看看吧？反正輪班的時間還早，也不到吃飯的時候。」

那是什麼？給我看一下！那是什麼那是什麼？咦？這是怎麼回事──不曉得是誰傳來的照片簡訊，讓傳言有如病毒一般快速蔓延。

「那、那就是……我們二年C班代代相傳的寶物……！」

「沒錯！無敵重要的寶物──它的名字就叫『班導的紅線』！嘿嘿嘿嘿！」

「住手～～！妳竟敢這麼做！唯獨那個不能動～～！」

亞美近乎咆哮的聲音響徹教室。兩腿開開、姿勢難看的螃蟹腳集團興奮地指著亞美，發出「嘿──嘿──嘿──！」的笑聲。只要一被洗腦，就會變成螃蟹腳──這是春田堅持的設定。只見一群人抖動大腿、螃蟹腳踏著小碎步逐漸包圍亞美。也就是說，除了亞美之外的二年C班同學，全部都被洗腦了。太恐怖了！太糟糕了！

這麼嚴肅的場面，觀眾的笑聲，還有參雜「無聊透頂！」意見的好事者，也讓這個氣氛向上加溫。

「能登同學！你也是二年C班的一員！心地善良的你，怎麼可能做出這麼殘酷的事？」

聚光燈打在鬥敗犬女法醫．夕月玲子的親生女兒身上。不愧是亞美，即使演技再怎麼差，透過聲音傳達的熱情，依然為這個愚蠢的場面增添緊張感。

「大家原本都是夥伴啊！都是一起開心生活在二年C班的同伴啊！」

不停顫抖的亞美向能登伸出雙手，露出拚命的表情想要說服他。每叫一聲就跟著搖動的迷你裙，以及隱約可見的修長美腿，完全抓住觀眾席最前排的男生視線。

「夥伴？那種東西我早就不記得了……這麼說來我的心，的確有過善良的時候……」

沒想到自己能夠扮演這種重要角色（？）的能登，伸手拿出一把剪刀。他故意用舌頭舔過嘴唇，慢動作張開剪刀，將手上的寶物「班導的紅線」放在剪刀上。能登的黑框眼鏡滑了下來，整個人非常入戲——有模有樣的演技也是蠢到極點。

「可是現在！我的心已經完全獻給掌中老虎大人！老虎大人，請您給我指示——！」

聚光燈照向用梯子組合起來的高台——

「嗶嗶嗶、嗶嗶嗶！」

「嗶嗶嗶嗶嗶嗶嗶！」

大河以及身後的竜兒站在高台上面。

兩個人身上都披著黑色披風，利用身高的差距一前一後以螃蟹腳之姿站立，雙手高高舉起，不停唸著：「嗶嗶嗶嗶！」要把大家洗腦時，也要擺出螃蟹腳——總監春田非常堅持。

大河配合能登的眼色，打開莫名中意的黑色羽毛扇搧了一下，披風底下的右手指向前方，以低沉的聲音對著底下那些遭到洗腦的人說道：

「給我切蛋它！」

咚！音效配合得剛剛好，可是大河卻不小心吃螺絲。

被洗腦的戰士紛紛跌倒，他們的反應不是在演戲，一直笑著看戲的觀眾也全部從椅子上摔下來。

「笨蛋……嗶嗶嗶……重說一遍……嗶嗶嗶……」

在大河背後散發洗腦光波的竜兒，用下巴頂著大河的腦袋要她重來。大河清一清喉嚨之後開口說道：

「給、給我切斷它！」

再次出現「咚！」的音效，能登掌握時機站在聚光燈底下：

「嘿、嘿嘿嘿嘿嘿！我要把它剪斷，讓你們拿不回去——！」

喀擦！寶物「班導的紅線」一剪兩斷。就在亞美大叫「怎麼會——！」的下一秒，一個比亞美大上五十倍的聲音大喊：

「呀・啊・啊・啊・啊・啊・啊・啊・啊！」

坐在爆滿觀眾席最後一排的單身班導戀窪百合（30），突然站起來放聲大叫。喔——！真是太寫實了，戀窪！觀眾因為嶄新的演出方式而驚訝地轉過頭。「呀——！啊——！」單身當著他們的面，過分寫實地痛苦大喊，同時把遭人剪斷的紅線捲回來。被剪斷的紅線另一頭，就綁在單身的小指頭上。單身繼續痛苦的演出，逕自逃離觀眾席。「百合的演技超棒！真是太像了！」就算由她任教英文的其他班學生在背後指指點點，她也不為所動。

「不愧是百合，氣勢逼人，演得好！」燈光兼旁白的總監春田，在黑色布幕的陰影下滿意看著單身的演出。百合原本還哭著拒絕：「就算是假的我也不演！搞不好真的會應驗！」最後在全班低頭懇求之下，她才答應參與演出。一方面可能是因為單身知道自己任意決定校慶班級活動競賽，的確是自己理虧；另一方面也可能是因為聽到有人小聲說道：「就是這麼固執才會結不了婚……」

正當單身退場離開教室之時，痛苦的亞美抱著頭：

「太過分了！你們到底要怎樣才肯罷手！」

「嘿嘿嘿嘿嘿！」

用墊子鋪設的摔角擂台，四個角落的柱子是用梯子代替，而且上面也確實繞著三圈繩子。站在摔角台上的人除了亞美之外，所有人都是螃蟹腳。亞美終於被眾人逼到死角，只能

無力跪在地上。

「我到底應該怎麼做，才能拯救班上的大家呢！」

「「嗶嗶嗶嗶嗶嗶嗶嗶。」」

終於下定決心的亞美狠狠瞪視從上方拚命發射電波的掌中老虎&不良少年：

「我不准你們再做這麼恐怖的事了！個性暴戾的醜八怪蠢蛋小不點掌中老虎，還有只有臉是不良少年、一開口就是生活經的歐巴桑男！」

咦？這句台詞太長了吧？春田不禁感到懷疑。「個性暴戾的醜八怪……？」「歐巴桑男……？」持續發出嗶嗶嗶洗腦電波的大河與竜兒，太陽穴隱約爆出青筋。不過亞美的熱情表演還沒結束——

「啊……！可是大家都變成人質了，我該怎麼辦？我絕對不能坐視大家就此墮落啊！命運怎麼會如此殘酷？誰來救救我！」

悲傷的音樂開始流洩，四周的燈光變暗，只有一道光線照亮哭倒在地的亞美。明明是個緊張嚴肅的場面，可是不知道為什麼有部分觀眾正在熱情地吹起口哨。是亞美側坐在地所露出的美腿引發的化學反應嗎？處處響起手機相機拍照的聲音「啪嗒」、「嗶嗶」、「波波」響個不停。至於螃蟹軍團就趁這個空檔悄悄退場，開始準備下一個場景。因為學校禁止使用煙霧，因此躲在擂台底下的幕後工作人員一起「啪啪啪！」拍打滿是粉筆灰的板擦，擂台上逐漸升起淡淡的煙霧。

「神已經看到一切。」

「嘿！」

在煙霧瀰漫之中，四名男同學把実乃梨扛上擂台。「櫛、櫛枝社長……」「帶領球隊打進關東前八強的名將，怎麼會是那副打扮！」如此嘆息的觀眾，八成都是壘球社的學弟妹。他們大概是第一次看到憧憬的櫛枝學姊，下了運動場之後的平時模樣吧？不過其他觀眾倒是為実乃梨認真的表情大聲鼓掌叫好。

禿頭頭套、眼罩、爆牙、老太婆保暖衣加上纏腰布，這個角色就是春田所謂的「擂台妖精」，從台詞來看，她就是神。

「戰士亞美，我給妳一個機會，如果妳能夠用自身純潔的力量，真正抓住所有人的心，我就幫妳解救遭到洗腦的他們……來吧，接下來這個題目，該怎麼回答才好？加油，請務必要慎重。」

頂著禿頭頭套的神，突然字正腔圓開始說起奇怪的台詞。

「ＡＴＴＡＣＫ　ＣＨＡＮＣＥ～～～！」

她的聲音聽來莫名詭異，獨特的長音響徹擂台。全體觀眾啞然無聲，腦袋一片空白。就在這個時候——

「這個世界上最美的人是誰？」

突如其來的問題。

「川嶋亞美！」

戴著禿頭頭套的神才剛講完題目，立刻響起好幾個人奇蹟似的整齊聲音，這代表亞美成功抓住他們的心。

「很好！」

亞美的臉上充滿血色，光是靠「演技」兩字實在難以說明。總之她滿意地露出見不得人的興奮微笑，讓她的美貌顯得有些扭曲。「怎、怎麼會有這麼邪惡的表情……」就在某位敏銳的傢伙低聲開口的同時，現場的燈光突然全部熄滅，接著由三個方向照來三道強光。在眾人睜不開眼睛的燈光裡——

「我、我到底在做什麼？」

「亞美，我們怎麼了？」

「怎麼好像作了一場惡夢？」

「好厲害！」

「好開心！」

「我們恢復正常了！」

不再擺出螃蟹腳的同學裡，有部分人（合唱組）排成一列，「嘟哇！」一起宣告洗腦解除。看得入戲的觀眾紛紛報以鼓掌鼓勵。事到如今，掌中老虎&不良少年怎麼可能就此放過眾人？按照故事情節——

「咱們要採、採集、踩過、踩踏權宜之計……」

「川嶋亞美！饒不了妳！」

就在大河的台詞說得零零落落的千鈞一髮之際，竜兒迅速幫她做出結論。演到這裡終於不用再繼續嗶嗶嗶，所以兩人也不必再擺出螃蟹腳。於是他們「嘿！」一起在梯子上擺出招牌姿勢。

「上吧！」

「喔！」

打完暗號的兩人脫去披風，看向擂台上的那些傢伙。竜兒用手抓著大河的身體——

「預備……！」

「唔喔喔喔喔！」有如地鳴的歡呼聲四起，四個方位的幕後工作人員也算準時機拉響拉砲。毫不猶豫的大河從梯子上跳下來，在竜兒雙手的助力之下，更是增加跳躍的氣勢。

「哇啊！超厲害——！」

「掌中老虎來了——！」

「亞美快逃——！」

大河從梯子前空翻兩圈站上擂台，落地時再由一群男孩子接住，讓她能夠以貓的動作一個轉身，快速站好姿勢。接著眾人用手臂取代彈力不足的繩子，大河便利用大家的手做出反彈動作——

「殺啊啊啊啊！」

大河充分運用驚人的腳力，有如橡皮筋一般彈起來，一口氣跳到幾公尺高的空中，有如陀螺一般轉動身體，使出秒殺迴旋踢。

「看招！」

「……！好險！」

亞美不禁放聲大叫，並且以精彩的後翻閃避。雖然是按照劇本的攻擊，但是大河的室內鞋鞋跟還是擦過亞美的瀏海。在一片歡呼聲中，大河順勢改變重心：

「誰是蠢蛋小不點啊——！」

遠高於亞美頭部的凶狠兩段踢，似乎真的打算踢碎亞美的下巴——當然這個動作還是依照劇本。亞美在兩個人的幫助之下，以華麗的後空翻避開攻擊。「咿——！」不過亞美的慘叫聲顯得十分逼真。

「喂，你有看到剛才的動作嗎？」

「沒有，動作太快了，我的眼睛跟不上！」

表演的精彩程度，就連站在擂台旁邊負責說明的同學也看到出神。

接著跳下梯子的竜兒算準時間，和大河一起使出「雙人金臂勾（註：DOUBLE LARIAT，摔角招式，兩個人一起用手肘攻擊對手脖子）」，但是亞美迅速蹲下閃過攻擊，而且身後已經解除洗腦狀態的麻耶和奈奈子，也有點緊張地用纖細手臂使出「金臂勾」回擊。

「嘿——！」

「呵～～！」

假裝中招的竜兒和大河同時向後倒在墊子上，體操社的男生也在此時於兩人的身後連續側翻，為擂台增添華麗氣氛。亞美趁這個機會起身，跨坐在正想爬起來的大河身上。只是雖然大河站不起來，但是竜兒已經逼近亞美身後，而且卑鄙的他手上還拿著折凳。

「亞美！後面後面！」

觀眾踢倒椅子站了起來，拚命想要幫助亞美脫離危險。

「嘿咻！」

「高須，嘿咻！」

「不良少年，嘿咻！」

五名男同學像抬轎子一樣把竜兒抬起，然後直接摔在墊子上，所有人都毫不留情地壓上去——「竟然跑去亞美的別墅！」「這股怨氣可是還沒消失！」「既然去了海邊，為什麼沒拍泳裝照！」「最近就你一個人過得特別爽！」——傳進竜兒耳朵的這些聲音，絕對絕對絕對都是真心話！證據就是事前明明約好不用身體壓人，可是現在的竜兒卻感到呼吸困難——

「你、你們給我記住……」

終於來到最後一幕。亞美和大河一邊變換姿勢一邊翻滾，私底下互換眼色。

「小不點來啊！預備——」

「痛痛痛痛痛！」

「痛痛痛痛痛！撞到腳了！」

躺在下面的亞美四肢並用，將大河輕巧的身體架起，在兩人同心協力下，使出完美的「吊天井固定技」（註：ROMERO SPECIAL，摔角的關節技，躺在地上的人用四肢扣住對手的四肢並且高高架起）。喔喔喔喔喔喔喔！觀眾紛紛發出熱烈的歡呼聲加以聲援，讓蓋上黑色布幕的教室窗戶為之撼動。只見擂台上落下有如狂風暴雨的紙片，周圍也響起拉砲聲以及「鏗鏗鏗！」的鐘聲，場內播報員春田總監也跟著開口：

『勝利者～～川嶋——亞——美——！以及二年C班軍團～～』

嘩——觀眾同時起立，掌聲、喝采聲與笑聲繞樑不止，淹沒春田音量的歡呼聲也不斷持續下去。

「亞——美！亞——美！亞——美！亞——美……」在這陣歡呼聲中——

「慘了……」

「怎麼了？」

「我的背抽筋了……」

「妳要忍到閉幕。交換之後就變成我演妳的角色。」

「嗚嗚嗚……」

大河的眼中一點一滴滲出眼淚，只是沒有人發現。

＊＊＊

「主人回來啦！」

「歡迎光臨，公主！只屬於妳一人的王子來迎接公主了！」

「不，不用特別光顧我們班的咖啡廳也沒關係！」

「收藏漫畫總數超過一千本！全部隨你看到高興！只要點一杯飲料，就可以免費看一個小時的漫畫！」

走廊上吵吵鬧鬧，學生、家長、準備考試的國中生以及身穿外校制服的男男女女熙來攘

往，過了中午之後變得更加混亂。有些傢伙沉醉在吵雜的祭典氣氛裡，以生澀的動作試著找人搭訕。「好久不見！你來啦！」他們背後甚至有人開起小型同學會。在走廊盡頭交錯的兩列長龍，讓相鄰的兩家店——「各位！女僕咖啡廳的隊伍請稍微靠牆壁移動！」「給我等一下！妳們幹嘛一副若無其事的樣子帶走我們的客人！」「什麼？從這邊到這邊都是我們的客人！」「妳們是一年A班的吧！妳們這些低年級，給我記住！」「妳們才應該要去好好準備考試！」——埋下導火線，女僕的戰爭一觸即發。

「喔！美眉在吵架！好呀！動手動手！打啊！」

「長裙女僕加油！我站在考生這邊！」

「你說什麼！一年級的穿黑色長襪耶！絕對領域（註：意指女生的短裙與長襪之間裸露在外的大腿）才是正義！」

看熱鬧的人開始聚集，正在排隊的人們也開始瞎起鬨。

「死小鬼！妳們想害得校慶停辦嗎——！」

咚！有人動手了！原來是有人從身後抓住她們的頭，讓她們的額頭撞在一起。原本還在吵架的兩名女僕立刻跪倒在地。「很抱歉，我們的人比較血氣方剛一點。」「不不不，是我們對不起學長姊。」兩邊的男同學趕緊把班上的女僕拖回去。

「幹得好，老大！」

「不愧是狩野姊妹的老大！」

掌聲與歡呼從學生之中響起。漂亮懲罰發生爭議的兩人，舉起一隻手回應大家的人，是一名皮膚雪白、黑色長髮直到背後、擁有古典氣質的美女。

「好了好了！總而言之統統給我安靜下來！所有的人整齊排成兩列！別超過那條線！喂！給我排好——！」

「遵命！」

異於常人的魄力，不只是學生，連家長也在一聲令下之後乖乖排隊——這號人物就是全校學生的精神領袖，也是完美的學生會長狩野堇。

至於圍在旁邊看熱鬧的人群裡、鼓掌鼓得最大聲的——

「不愧是會長，太漂亮了！」

「話說回來……北村繼續在這裡閒晃沒關係嗎？」

「我討厭那個女人……」

就是學生會副會長北村，還有竜兒與大河。二年C班的摔角秀獲得空前的成功，時間也到了午休時刻，於是三個人一起在混亂的校慶當中想要找些吃的東西……講「一起」其實不太對。竜兒還在猶豫要不要向実乃梨道歉，実乃梨就已經被社團的學弟妹帶走，不知道上哪去了。另外亞美則是和麻耶及奈奈子一起離開。

剩下來的三人組中，首領北村鼓掌目送學生會長凜然離去的背影，消失在走廊轉角。

「沒問題、沒問題，負責警備的人員都確實遵守輪班時間。比較需要擔心的是……逢坂，妳沒事吧？」

「咦……為、為什麼這麼問？」

「妳把制服領帶連同可麗餅一起吃下去了。」

呸！大河從滿是可麗餅的嘴裡吐出領帶。「怎麼會這麼笨！真是貪吃鬼……」竜兒不禁在心裡這麼想。

「哈哈哈哈！看妳吃得那麼認真，想必那個可麗餅一定很好吃！早知道剛才我也買一個。可以借我咬一口嗎？就算是邊緣也好。」

「……！」

啊——大河狂亂的視線看向張開嘴巴的北村，已經超越滿臉通紅的臉色，變成彷彿貧血的土色。雖然竜兒在心裡猜想「她會不會就這樣死掉？」不過大河還是一邊發抖，一邊把可麗餅遞向北村，同時以氣若游絲的假音說道：

「你高興吃多少就吃多少……」

「多謝——！妳真大方！」

真是令人感動的一刻。北村以一臉什麼也沒想的微笑表情，一口咬下大河吃到一半、上面還留有齒痕的可麗餅。大河只是張大嘴巴，沒有發出叫聲。

「嗯……還不錯。裡面放了不少香蕉巧克力和冰淇淋。」

「……」

回到大河手上的可麗餅留有北村的齒痕。大河瞪著齒痕，視線宛如用放大鏡聚焦的陽光。竜兒大概能夠想像大河正在用她的小腦袋思考——就這樣保存下來當作紀念？還是趁新鮮來個間接接吻？可是間接接吻又不好意思，應該會興奮到死。但是就這樣放著不吃也很怪。怎麼辦怎麼辦……反正她八成就是在想這些，真是笨蛋。竜兒先是望著大河的髮旋，然後又盯著心情大好的北村——就算是朋友，也沒有人會毫不在意吃下異性吃到一半的東西吧？這個傢伙是怎麼回事？

「竜、竜兒也來一口！」

「唔！」

這個反應倒是出乎意料。大河想到辦法了？或者只是單純因為心裡一團亂而出此下策？總之她把北村咬過的可麗餅塞進竜兒嘴裡。

「咕！噗！唔……！」

「好吃吧！很好吃吧！」

大河把剩沒多少的可麗餅對折，不斷往竜兒嘴裡塞。「感情真好。」北村面帶微笑看著兩人，竜兒則是呼吸困難到了瀕死的地步。他拚命咀嚼，揮開深入喉嚨的大河手指，終於在千鈞一髮之際全部吞下去。

「妳……妳打算殺了我嗎？妳就這麼恨我嗎！」

「啊啊啊……！」

淚眼汪汪的人並非只有竜兒一個。「嗚嗚……」大河因為未經大腦的舉動，讓自己失去所有的寶物，只好茫然看著空無一物的雙手，難過地低著頭。但是有點噎到的竜兒一點也不同情她。難得的校慶，自己卻不能和実乃梨共度，這一切都要怪大河。所以大河就算倒楣一點也沒關係，反正她馬上就要和爸爸一起過著幸福生活——

「話說回來，妳爸爸還沒來嗎？有回簡訊嗎？」

因為爸爸沒有出現，所以大河一到休息時間便急急忙忙傳了簡訊給他，上頭寫著：「你還沒到嗎？幾點會來？下午的表演只有三場。」另外雖然是題外話，不過竜兒有看到那則簡訊的標題，上面寫著「喂，人渣」。

「還沒。既然這樣就別說要來嘛……真是的，到底在幹什麼？」

「要不要打個電話給他？」

「我打過了……沒人接。唉，那些不重要，我們趕快找東西吃，我的肚子餓了。」

「妳剛才吃的巨無霸可麗餅呢？」

「在這裡。」

大河的手指毫不遲疑指向竜兒的肚子。「還有一些在這裡。」北村接著說下去。

「好——那我們就找個看來還可以的地方吃飯。吃哪裡好呢……嗯，炒麵、烏龍麵、大阪燒……都沒有賣甜點和刨冰的嗎？這是什麼？『什麼？正宗中華！』……中華料理？」

「啥？用家政課教室火力超弱的瓦斯爐做中華料理？那些人會不會想太多了？」

「其他就是一些咖啡廳。」

三個人站在牆邊避開混亂的人潮，一邊看簡介一邊猶豫。今年因為有活動競賽的關係，各個班級大多是開設餐飲店。以往常有的懷舊鄉土採訪、歷史調查，或是書法展覽等單調的展示活動，幾乎不見蹤影。

「我絕對不去那個。」

「嗯，太糟糕了。」

「為什麼他們會想弄這個？」

「大家一起來學習！基礎加壓訓練入門班」——體育老師肌肉黑的班上，弄了一個詭異的東西。聽說他們班上全都被肌肉班導（本名好像是叫黑間什麼）逼著在午休時間一人喝一杯蛋白質飲料。

「真是怪啊。」

「班導也怪。」

「乖乖聽話的學生也很怪吧？」

真可憐——三人一起點頭同意。只是他們不知道，其他班的學生在看到二年C班要在校慶上表演「職業摔角秀」的時候，也在背後說過同樣的話。

「主人，您回來啦～～！」

讓人分辨不出是否算是三次元，還是在界線徘徊的裝扮——長捲髮綁成雙馬尾，身上穿著女僕裝的女孩子跑出來招呼客人。正因為是校慶才允許這種打扮吧？她比準備轉頭走開的三人快上一步，熟練地攤開手上的菜單：

「現在正好是午餐時間。蛋包飯一客八百圓，加點飲料再加兩百圓，用番茄醬在上面畫上可愛的畫再加三百圓！」

「喔，好貴！」

竜兒被價錢嚇得往後仰。

「唔哇！不良少年高須！」

一見到竜兒的臉，這回換成女僕弄掉手上的菜單。「噗！」大河不禁爆笑：

「哈哈哈哈哈！不愧是竜兒！連招攬客人的女僕都不敢靠近你，真是太慘了！」

「哇啊！掌中老虎！」

女僕注意到躲在竜兒身旁的大河，立刻當作什麼都沒看到，拔腿就跑。大河連追上去的力氣都沒有，只能悻悻然閉上嘴。

「噗！她逃走了。現在慘的人應該不是只有我吧？」

「什麼……？」

竜兒明知有生命危險還是忍不住想要開口反擊。「哼！」「啊……！」大河用力踩踏竜兒的腳，企圖想要踩碎它。要不是因為北村在場大河才手下留情，否則竜兒的下場會更慘。

「好了、好了，你們別打了。看，多虧你們，拉客的人根本不敢靠過來。」

於是北村只好介入兩人之間。竜兒與大河同時有種微妙的心情，他們兩人在女僕逃走之前就隱約注意到了。雖說他們在學校裡的負面評價有真有假，不過應該沒有一家店樂意讓這兩位惡名昭彰的傢伙進入店裡吧。就在這時候——

「呃……那邊的三位同學請等一下。」

「能不能請你們來我們班？」

幾名沒見過的男孩子小心翼翼開口叫住他們。即使竜兒與大河轉過頭，他們也沒有害怕地逃走。北村帶著微笑問道：

「喔？你們是賣什麼的？我們正在找可以吃飯的地方。」

「我們班不是賣吃的，不過如果你們願意過來，我們可以出錢請你們吃飯。嗯——很抱歉，請問你是壘球社的社長北村嗎？」

「是的。」

「然後那邊的兩位，是不良……高須同學和掌中……逢坂同學吧？」

「嗯。」

「幹嘛？」

於是對方露出有求於人的笑容：

「我們班辦的是『天下第一武道會』，可是上場的人全都太遜了……你們願意參加嗎？我看過你們在摔角秀上的犀利表演，真是太棒了。」

才不要——北村、竜兒、大河三人全都露出渾身無力的表情。這裡也有一個舉辦莫名其妙活動的班級。

慎重拒絕對方的邀請之後，三個人繼續在混亂的新校舍美食街上閒晃。走著走著覺得有點累了，便走進人比較少的舊校舍。這裡見不到什麼吵雜混亂，路也好走多了。但是好走歸好走——

「來到這裡，好像就沒有什麼像樣的店。」

「美術社好像有展覽……是什麼呢？主題是『單調的夜景』……真是有夠悶。這裡盡是一些無聊的展覽，所以才沒人吧？」

「不要這麼說，簡介上面寫著附近有店……」

正當走在前頭的北村回頭對興味索然的兩人說話之時——

「歡迎。」

走廊盡頭有個渾厚的聲音叫住他們三人。那邊是一家門可羅雀的店——不，教室。看板上面寫著「食堂．國立理科志願班」，看店名就知道是三年級升學班開的店。和其他藉由華麗服裝與親切女服務生招攬客人的班級完全不同。

「三位嗎？現在還有很多空位。」

不愧是三年級，單手掀起門簾、下半身圍著帥氣圍裙的學長即使看到竜兒與大河，也沒有露出害怕的樣子。

「我剛剛去看過你們班上的職業摔角秀，表演很辛苦吧？你們應該累了，歡迎來我們班吃炒麵。」

「那、那麼……高須、逢坂，你們覺得如何？」

看到兩人點頭，於是北村打頭陣走進店裡。

「嘿！為三位客人帶位！」

「是！收到！」

「歡迎光臨！」

店裡的聲音此起彼落，竜兒覺得這好像是第一次有店這麼歡迎自己。

教室裡的裝飾看起來就像居酒屋，三人坐在椅子上看菜單，竜兒開口點餐：「嗯，我要……滑滑麵。」至於大河——「這是啥？我要灼燒章魚。」還有那種東西？有點驚訝的北村則是：「我……就點你推薦的炒麵，大的。」

「嘿！收到！」

「了解！」

三個人點的菜全都確實傳到廚房（？）。坐下之後仔細一看，教室裡還有其他客人，有的在看菜單，有的在吃炒飯，各自以不同方式享受這家店素雅的氣氛。也可以聽到「滿好吃的」之類的評語。

竜兒以幾近無意識的動作伸手摸過桌子，確認桌面乾淨光滑、沒有髒汙。看看桌腳和椅腳——這種連名店都會忽略的盲點，也沒有任何灰塵。每次只要客人點餐，店員都會精神奕奕地大喊：「收到！」雖然沒有新意，卻能夠讓店裡更有氣氛。

不過如果拿我特製的高須棒抹過門簾上方，不曉得會有什麼結果——竜兒的嘴角露出有些邪惡的微笑，這個時候突然覺得不太對勁。

「這家店是不是和狩野超市有什麼關連？」

「嗯？狩野屋超市是會長的老家，我們在簡介上也幫它們打了廣告。簡單來說，他們是校慶最大的贊助商。」

竜兒指著牆壁一角，那裡貼滿狩野屋這週的特賣廣告，上面還有店長站在超市前面微笑拿著白蘿蔔的照片，上面還用漂亮的字寫著「食材供應店」。「啊！」北村拍了一下手，點頭說道：

「原來如此，理科志願班……這裡就是會長就讀的班級吧……」

店裡到處不經意地擺著紫羅蘭盆栽。紫羅蘭＝堇——搞不好這是在對握有實權的指揮官表達敬意。不愧是完美無瑕的學生會長，自己的班級當然也要參加校慶，而且還是由她在背後操縱。竜兒雙手抱胸，以一副了不起的模樣說道：

「嗯……看樣子這個會長很厲害嘛……看來她從事餐飲業也會成功。」

「她不論做什麼都會成功，因為她不是一般人……既然這樣，我開始期待會吃到什麼了。應該會端來不錯的東西吧？」

北村的語氣似乎有些冷淡。平常的他可是學生會優先、會長命令優先、老是吵著「會長、會長、厲害、了不起」的人啊？

另一方面，大河的臉一直看著下方，不曉得在按什麼東西。「真是不合群的傢伙！」竜兒看向她的手邊：

「喂，妳在做什麼？從剛才開始就不發一語……」

「嗯？啊，我在打、打電動……」

大河連忙闔上手機掀蓋。騙人——他的三角眼清清楚楚看到大河正在確認簡訊。大河很在意沒有任何消息的爸爸，正在等待他的簡訊。大河的腦袋一直想著——爸、爸爸還沒來嗎？真的還沒來嗎？難得有這個機會能夠和最喜歡的北村一起享受校慶，她卻白白糟蹋這個千載難逢的機會。竜兒忍不住想要對她說：看看我，我可是被喜歡的実乃梨完全忽視啊！

唉。竜兒不由自主嘆了一口氣——一切到此結束嗎？春天過去、夏天過去，好不容易拉近的些微距離全部成了泡影嗎？這不是抓住她、向她道歉就能夠挽回，我也不認為自己能夠接受実乃梨的想法。一年以來的單戀，此刻猶如風中殘燭。一直支撐竜兒的內心支柱，如今顯得搖搖晃晃。

「妳還真是悠閒。腦袋簡單的傢伙，原來妳的思念只有這種程度。」

「啥？你在說什麼？你的腦袋沒問題吧？我可是真心擔心你的智商。」

就在兩人持續令人打從心底發冷的對話時，灼燒章魚——簡單來說就是章魚燒來了。大河的注意力馬上從竜兒身上轉開，開心拿著牙籤準備插起章魚燒，竜兒忍不住阻止她「等大家點的菜都來了再開動。」大河原本想要開口抱怨，不過一想到北村在場就羞紅臉頰。接著是竜兒點的「滑滑麵」，其實只是普通的拉麵。等到北村的炒麵也來了之後，三個人在店員招呼其他客人的聲音裡一起拿起筷子——

「開動！」

「啊……！」

「喔！」

或許是竜兒正在想事情，他的「雞婆感應器」也變得遲鈍許多。大河正準備送進口裡的章魚燒一不小心落在制服的裙子上，等竜兒反應過來伸出手，章魚燒的醬汁已經在裙子上留下一道痕跡。

「真是的，妳在搞什麼啊！真笨！臉再往前一點，把盤子擺在下巴下面吃！」

「嗯——」

嘟著嘴的大河顯得很不耐煩，沒規矩地撿起裙子上的章魚燒塞進嘴裡，然後燙得不停揮舞四肢。最後擦拭裙子的人還是竜兒，他當著苦笑的北村面前，像個老媽子一樣拿起面紙擦掉醬汁。

可是他忽略了。

雖然他正在煩惱実乃梨的事，但也未免太沒有警覺心。

醬汁也沾到大河的襯衫前襟，但是沒有人發現，就連竜兒也完全沒發現。那個髒汙過了好一陣子才有人注意。

等到竜兒發現之時已經清不掉了，同時也在他的心上留下去不掉的記號。

＊＊＊

時間來到下午四點，二年C班的職業摔角秀也在座無虛席的空前盛況下圓滿落幕。

台上的演員和興奮的觀眾一起鼓掌，「觀眾大爆滿！」「太棒了！超成功！」——互相以因為熱情演出而沙啞的聲音稱讚同伴的努力。眾人拉響剩下的拉砲，所有庫存的紙片也全部用光，在風中四散飛舞。

在久久不止的鼓掌叫好聲中，身上穿著壞人披風的大河，無言站在擂台角落。「嘿！第一配角！」不過還是被得意忘形的春田拉到擂台中央，站在竜兒身邊。不論周圍的掌聲有多熱烈，她始終沉默看向自己的腳邊，眼裡帶著不高興與懷疑。

一直到了最後，大河都沒有當過主角。

6

「就跟妳說別——動——！這樣我沒辦法畫唇線！」

「那種東西不畫也罷。」

「就跟妳說一定要畫！妳的嘴唇太薄了！妳怎麼對自己沒化妝的臉這麼有自信啊？妳以為自己很可愛嗎！」

「蠢蛋吉吵死了——妳要吵到什麼時候啊？」

充滿化學氣味的空間有如戰場，到處都可以聽到女孩子尖叫的聲音「啊——！這顏色好可愛！」「那個女人撞到人也不道歉！」「咦？剛才還在這裡的粉餅呢？跑到哪裡去了？」「呀——！筆芯斷了！」在空中交雜的各種聲音已經近乎怒吼。

在這陣騷動的角落，亞美拿出裝滿化妝品的高級名牌包，雙眼透出認真的眼神，用手壓住大河的下巴。坐在鏡子前面的大河一點也不配合，只是斜眼盯著手上的手機，煩躁的臉上皺起眉頭，不肯好好坐著。淡粉紅色的唇線筆沿著大河嘟起的小嘴畫出唇形，想要為她的嘴唇更添一層潤澤色彩——

「別動別動……嘴巴不要張開，閉起來閉起來，對……好，總算完成了。接下來上唇蜜。哪一個好呢？香奈兒的限量珊瑚色？亮片有點討厭，還是RMK的粉紫色……妳的皮膚偏冷色系，應該很適合。還是乾脆用M．A．C的透明色讓妳的嘴唇晶亮閃耀，保持原有的唇色。嗯～～可是這樣又太樸素，我不是很喜歡。只用NARS的多用途打亮膏增加光澤也可以，可是嘴唇乾燥……」

亞美細長的手指從包包裡拿出好幾枝唇蜜，彷彿操弄撲克牌的魔術師一般靈巧打開蓋子，快速在指甲上滴一下，開始思考。「嗯——香奈兒嗎ＮＡＲＳ嗎Ｍ．Ａ．Ｃ嗎Ｄｉｏｒ嗎？乾脆用國產的便宜貨吧？」亞美嘴裡不斷吐著聽不懂的咒語，仔細比對著色彩繽紛的液體與大河臉頰與嘴唇的顏色，完全陷入認真思考的狀態。做作美少女亞美的雙腿竟然擺出螃蟹腳姿態。

「唔嗯～～～嗯……」

「嗶嗶嗶……」

「高須同學怎麼了？你剛才說什麼？」

「沒什麼，不知不覺……就想要這樣做，該不會真的能夠洗腦……」

「啥？我現在沒空陪你耍白痴。」

「啊，抱歉……」

此刻的竜兒身上找不到讓人轉頭的價值。

大河坐在椅子上，亞美繼續認真幫她化妝。亞美在外套口袋裡塞了好幾團面紙，手指夾住好幾支刷子、眼影棒，將各式各樣的物質在大河臉上又塗又抹，不斷重複類似的動作。另外手背也像專家一下黏著粉底，前襟也夾著髮夾，準備用來固定大河垂下的瀏海。和其他吵吵鬧鬧的女孩子相比，水準真是差太多了。

「怎麼粉粉的……哈啾！啊——面紙……」

不停吸鼻子。

「不行！這樣子鼻子的妝會掉！」

大河完全無視亞美的奮鬥，自顧自地狂按手機，最後熟悉的過敏性鼻炎終於發作，開始

位於體育館分館的體育老師辦公室，用簾子分割數個區域，每個參加「校花比賽」的女生都在這些區域換衣服、化妝、弄頭髮，連同自己班上的女孩子一起吵吵鬧鬧進行準備。至於只有竜兒一個男生混在其中一事，完全沒有任何人在意，每個人都在專心打理自己。這裡現在根本就是戰場。

「哇啊！只剩十五分鐘？慘了！我還要預先演練主持人的台詞、還要打扮……高須同學，服裝準備好了嗎？」

「嗯，我就等妳這句話。多虧針線大隊的幫忙，衣服已經完成了。」

竜兒起身攤開衣服給大家看。一起幫忙的二年C班手工藝社女同學也抬頭看向竜兒，滿意地鼓掌——「哇！高須同學好厲害！」「厲害厲害！好可愛喔！」衣服上面之所以一條皺摺都沒有，都是因為竜兒考慮到現場不能用熨斗，因而特別選擇不會皺的衣服。

「喔——！感覺很不錯！」

亞美的手指滑過衣服，眼睛閃閃發光。

三角型的流線剪裁，正好能夠突顯大河纖細的體型，因為這次比較少用大河最喜歡的緞帶與蕾絲。衣服的材質是輕柔透明的絲絹，層層疊疊的玻璃紗讓洋裝穿起來高雅飄逸，彷彿真正的公主。

竜兒開心地望著手上的衣服，陶醉不已。雖然還不至於到想穿的地步，不過也充分滿足竜兒不同於高中男生的審美觀。

這件衣服是以前整理大河衣櫃時找到的。當時竜兒問過大河：「這是件很美的衣服耶！為什麼不穿呢？」令人愛不釋手的剪裁與優雅細緻的設計，讓竜兒喜歡到快要喘不過氣。但大河給他的回答卻是：「我是覺得它很可愛才買的。可是穿起來會突顯我沒有胸部，所以我不喜歡。」

因此為了這場「校花比賽」，竜兒在其他女同學的協助之下，將這件衣服稍做修改。女同學幫忙縫製長緞帶——長緞帶的布料是由其他絲質舊衣服上裁下來。竜兒在胸部隆起的位置打上細折，然後將女同學縫好的淺橘色緞帶優雅固定在胸部正下方，輕輕打個蝴蝶結——如果在裡面塞進胸墊，只會壞了剪裁——因此竜兒採取這種方式，不但可以強調骨感的身體曲線，也漂亮地增加胸部的份量。

「主題就是——沒錯，『茱麗葉』的洋裝……極盡羅曼蒂克……皇家的剪裁……」

用手撫摸完工的洋裝，竜兒的眼睛已經超越哺乳類的領域。「原來高須同學喜歡這種。」

「真是意外！」「感覺有點危險……」甚至沒發現正在收拾裁縫工具的女同學，看向他的視線已經逐漸遠離尊敬的領域。

而且不只是茱麗葉洋裝，這可是校慶的「校花比賽」，光是穿上這套洋裝還是不夠引人矚目。竜兒另外為大河準備一個必殺小道具。

「背後加上這個就完成了。呵、呵呵，李奧納多．狄卡皮歐的電影《羅密歐＋茱麗葉》裡頭，有過背上出現這個的場景吧？雖然我的印象已經有點模糊，不過這就是按照那個畫面製作的！」

竜兒加上綢緞材質的緞帶，讓大河能夠把它掛在背上——那個東西就是「天使翅膀」。雖然不是很大，從正面還是能夠看見翅膀張開的可愛模樣——這種東西是上哪裡找的？原來這對翅膀是「毘沙門天國」的某位客人平常上班用的東西。那位人妖姊姊一聽到這件事：「『校花比賽』？嗯！那不是很棒嘛！別看我這樣，我也是女人喔！雖然手術有點失敗……」於是就把翅膀免費送給泰子。

亞美不知道翅膀的來歷，只是為了它的可愛而鼓掌。

「嗯——服裝方面交給高須同學果然沒錯。化妝至此也算差不多完成了。來，抬起頭來，最後加上一點腮紅。」

「嗯……真是的，到底在幹嘛，為什麼不接電話！氣死人了……該不會出了什麼事？應該不會發生意外吧……」

都到了這個時候，大河也不看亞美努力幫她化的妝，只是不耐煩地抓著手機，低著頭斜眼瞪視畫面，絲毫沒有看向鏡子和服裝的打算。亞美要大河抬起臉，然後拿起超大的刷子幫她上了淺粉紅色腮紅，最後將固定頭髮的髮捲統統拆下，只是大河完全不理會她的動作。亞美以熟練的手勢鬆開大河的頭髮，然後拿出定型噴霧由頭髮內側開始噴灑。

「川嶋同學！請到舞台旁邊就位！這邊也該準備了！」

「啊，好～～♡可惡！沒時間了！老虎！等一下奈奈子和麻耶會來幫妳弄頭髮，妳就告訴她們，亞美說要『溫柔的天使感覺，瀏海往左邊撥，分邊不要太明顯』！啊——氣死人了，真想全部弄完！」

不甘心的亞美終於開始收拾化妝箱。竜兒看到她超出想像的模樣，忍不住說道：

「沒想到妳會喜歡這種幕後工作啊？我還以為妳無法忍受自己不是主角。」

「我不討厭幕後工作喔？幫人化妝超有趣的！不過女孩子應該都喜歡化妝吧？可能是我老是近距離看那些專業化妝師工作，所以特別……話說回來，高須同學還在幹嘛？大家差不多要開始換衣服了，男生快點出去！還有老虎！妳也要快點換衣服！別忘了告訴麻耶妳的頭髮要怎麼弄喔！」

「嗯——」

「喂、妳到底有沒有在聽人說話啊？從剛才開始就這樣……妳該不會在等妳爸爸吧？他今天應該不會來了吧？啊——難得有機會認識一下，亞美美也覺得好可惜～」

「他會來！」

生氣的大河奮力抬起頭來：

「一定會來！八成是因為工作的關係遲到了！所以電話才會打不通！幸好他沒看到摔角秀……真是太丟臉了，好在他遲到……等一下他就會來了！一定會來！」

「既然妳這麼說，那就這樣吧。不過妳的出場介紹還是要依照剛才說好的嗎？要不要改一下？我可以幫妳想其他的……」

「不用改，就那樣。」

「可是妳……」

亞美似乎還想說些什麼——

「川嶋同學！妳再不快過來就完蛋了！」

「好——！對不起——我馬上過去！真的好嗎？」

「那樣就好！竜兒也這麼認為吧？那傢伙一定會來吧？因為我們約好了，所以他一定會來……應該不是發生什麼意外或生病吧……？」

看向竜兒的大河突然有點感到懷疑。

「我又沒有超能力，怎麼可能會知道……不過如果真的出了什麼意外，應該會打電話過來吧？」

「對！我也這麼認為！」

聽到校慶執行委員催促的聲音，亞美也不再多說什麼，抓著東西轉身就走，還順便抓住竜兒的手，把他帶離女生開始換衣服的準備區。

「謝謝你了！等一下要幫忙在觀眾席上炒熱氣氛喲♡」

呵！亞美動了一下肩膀，直接跑向執行委員。現在輪到麻耶和奈奈子帶著大鏡子和梳子進入滿是女性的後花園。

「好累……」

竜兒自言自語的低沉聲音，空虛迴響在空無一人的體育館分館走廊。有如狂風暴雨的活動好不容易結束，他的背部與肩膀突然感到疲憊。慌張趕著縫製衣服時所忘記的憂愁，再度襲上他的心頭。

全班都知道最後一場職業摔角秀結束之後，大河接著就得準備參加「校花比賽」——明明大家都知道，但是実乃梨直到最後都沒出現在準備區，所有打理工作都是由竜兒、亞美以及其他女同學幫忙。她可是大河的死黨，卻連過來關心一下都沒有。亞美的說法是：「什麼啊……？那個運動少女在這裡反而礙事！」可是她至少也該對大河說聲「加油」吧？如果実乃梨能夠對她說些什麼，大河多少也能夠放輕鬆。

竜兒開始想起不願去想的事——大河的爸爸到現在都還沒現身，実乃梨該不會正在心裡想著：「看吧！果然不出我所料。」看到大河神經兮兮看著手機、我努力要她冷靜下來的樣子，會不會心想：「活該！所以我不是說了……如果他沒來，就表示我說的沒錯……」

我不想把她當成那種人。

「快來吧……大河的爸爸……」

竜兒開始自言自語，粗魯地揮舞僵硬的肩膀，結果一不小心撞到牆壁，痛得蹲在地上。

他抬起沒出息的臉，以乾澀的手心搓揉手臂，想像大河爸爸現身的模樣——

他一定會開著那部銀色敞篷車來到校門口。

披著外套，聳聳肩說道：「對不起，我來晚了！」

大河也會氣沖沖地抱怨「慢死了！」不過最後還是會露出害羞的開心微笑。

「你一定會來吧?不管遲到多久，都會想盡辦法衝過來吧?因為你是『爸爸』，你是大河的『爸爸』……」

英雄總是比較晚到。

竜兒用鼻子呼出一口氣，慢慢站起來。能登應該幫我在觀眾席留了位子。竜兒像是想要跨越眼前難以進展的困境般，竭盡全力大步前進。

總而言之，如果他連「校花比賽」都沒趕上——那就再處一次「蛋刑」。

＊＊＊

啪！聚光燈由三個方向一齊照向舞台中央。

「……讓各位久等了！」

就在主持人手拿麥克風登場的瞬間。

客滿的體育館真的開始搖動——震耳欲聾的歡呼聲與掌聲，還有興奮過頭站起來的人們踩踏地面的聲音，撼動整座體育館。

「耳、耳朵好痛……！」

竜兒忍不住塞起耳朵，低下臉來保護自己。可是坐在他旁邊的能登——

「啊啊啊啊啊——！亞啊啊啊啊美啊啊啊啊啊！啊！嗷！唔！呼——！呀——！」

已經化身興奮過頭的小狗，在竜兒身旁邊活蹦亂跳，高舉拳頭搖頭晃腦，瘋狂大叫。

「能、能登……能登！」

「啊啊啊啊啊——————！亞美！川！嶋！哈！喔喔喔喔喔——————！呀——————！嗚——————！」

「能登、冷靜一點！冷靜啊！這麼興奮小心爆血管！」

竜兒拚命拍打能登的背部，想讓他冷靜下來，可是好友還是興奮過頭。他的眼鏡滑到下巴，內心瞬間和其他傢伙的心連在一起，同時以不惜受傷的氣勢不停在狹窄的觀眾席跳動。竜兒的腳一直被他踩到，真是痛到不行。

「呵呵呵……請各位保持肅靜喔～♡」

緊密排列在體育館裡的折疊椅全部坐滿，甚至還有不少人站著觀看。亞美理所當然地接受大批觀眾的歡呼，甜美端正的美貌浮現有些困擾的笑容。

那身打扮也未免太狡猾了！妳不是主持人嗎？竜兒不是看得入迷，而是感到傻眼。什麼叫「我不討厭幕後工作」啊？那傢伙根本就是天生喜歡引人注意、喜歡受人矚目、想要聽到大家稱讚她很美嘛！

亞美為什麼能夠這麼迅速換了一個模樣？微笑的漂亮臉蛋上化著突顯五官的彩妝，沐浴在燈光之下。不愧是專業模特兒，閃耀珍珠光澤的水潤嘴唇，及上過淡色眼影，更加閃閃發光的吉娃娃大眼睛，綻放純潔清澄的感覺。但是豪邁的眼線點燃無限魅力，只要視線稍微一瞥，就像正在訴說悠遠的故事。亞美的美貌實在太過戲劇性了，光亮流洩的秀髮描繪充滿女人味的曲線，更恐怖的是連地上的影子都散發異樣的美麗。

至於穿在修長纖細八頭身身上的服裝，就是讓包含能登在內的所有觀眾為之瘋狂的原因，也是竜兒感到無言以對的原因。

「嗯～～唉呀，如果大家不安靜，人家就處・罰・你・喔♡」

輕輕揮動手上的鞭子。公立高中校慶的舞台上面，站著一位女王。

十公分高的細跟高跟鞋。

穿到大腿的網襪微微陷入肉裡，完全貼合的黑色網眼更加突顯雪白的肌膚。

吊襪帶連接亮皮材質的黑色馬甲。大腿雖然纖細，但內側柔軟的皮膚依然從短褲旁邊露出來。緊緊包住小巧屁股的皮革線條，因為太過性感反而令人無法直視。馬甲胸前的繩子規矩地綁到脖子，中間卻出人意料地大膽挖空胸前的乳溝部分，兩團緊靠一起的白色膨脹高高隆起，經過擠壓之後稍微變形的圓球狀物體，出現在這個無限性感的空間。

除此之外還有過度美麗的腋下、帶有少許肌肉，有如大理石一般美麗的上臂。而且從上臂一直延伸到手指的皮手套更是增添淫靡氣氛。亞美臉上的笑容陡然消失——

「我不是叫你們安靜了嗎！你們這群豬玀！」

啪！鞭子先是飛到空中，接著打在地上發出聲音。

這聲怒罵不是演技，是真的，這才是亞美的本性。她藉著粗暴的破口大罵精彩表現她的

黑心，竜兒不禁打起冷顫。

「啊……老師，我想變成地板……！」

「打我～～……啊啊啊、打我……我想被打，想要狠狠挨打～～」

「豬玀也好，我願意！只要能夠接近亞美就好！」

在場的觀眾全都顯得失魂落魄，露出被虐待狂的卑微本性，沒出息地當場發誓永遠效忠亞美女王。

「要我更用力地打你嗎？這些不知羞恥的貪心豬玀！噁心的豬腳！醜豬就給我像隻豬一樣乖乖坐下！反正不能飛的你們只不過是普通的豬肉——！」

哈～～嗯……體育館充滿口水快要流滿地的陶醉聲音，可是大家還是乖乖壓抑歡呼——因為女王叫大家要乖。瘋狂到快要死掉的能登，眼中滿是下流的視線……

「亞美的大腿……亞美的暴力……真是太棒了！這樣子實在太棒了！新的欲望在我心中不斷湧出……」

他彷彿是在作夢，縮起身體以胎兒姿勢出神坐在椅子上。

只有竜兒一人很冷靜——不，應該說是帶有疑惑地避開狂熱漩渦，凝視舞台上的女王主持人。現場氣氛的確很熱烈，可是——

「……騙你們的啦♡討厭——各位，剛才全部都是開玩笑的，不可以當真喔～～！請大家

盡情炒熱氣氛！那麼就由我來說明投票規則！首先請各位欣賞舞台上候選人的自我介紹，然後一個人一票……」

——為什麼主持人反而變成最顯眼的人，這樣接下來不是很無聊嗎？

主持人亞美以女王的打扮，快速說明投票規則，可是完全沒有人在聽。所有人都在看亞美的乳溝、大腿、腋下，還有網襪縫隙隱約可見的雪白肌膚。

背景音樂一換，亞美便往舞台一旁的麥克風架移動，觀眾的目光也跟著移動。

「那麼活動就此開始！參賽者第一號！一年A班的——」

皮膚白皙、纖細可愛的高一女生，直接把班上校慶活動的服裝穿來。印象中好像見過她在招攬客人，總之她是穿著女僕服。正當心想「要說了、要說了！」之時——

「歡迎回來，主人！」

有點緊張地微笑開口。果然說了！會場四處響起掌聲，不過總覺得氣氛有些不夠熱烈，或者應該說觀眾的視線明顯集中在主持人身上。

「專長是歡迎主人回家！自認擁有女僕檢定一級證書！這位美麗女僕準備的表演項目是『猜拳遊戲』！各位！一起來玩吧——！」

在舞台旁邊主持節目，打算炒熱氣氛的亞美外貌和打扮都太過醒目。果然專家和菜鳥之間還是有著天壤之別。

一年級的女僕沒注意到氣氛有些微妙，一個人高興地說下去：

「那麼我們來玩『猜拳遊戲』吧——！嗯～這是一年A班的女僕咖啡廳裡面，規定的猜拳方式——」

只見她左搖右晃開始跳舞、唱出不忍卒聽的莫名歌曲，然後「嘿！」一聲舉起拳頭。跟著她一起做的人，只有少數幾名女學生……大概是班上的同學吧？

「真的很慘……都怪亞美太搶眼了！話說起來，都怪執行委員挑錯主持人。」

終於聽得懂人話的能登也以同情的眼光看向一年級女生。我也有同感——竜兒大聲鼓掌，歡送她脫離這個微妙氣氛。

可是接下來的一年級生也是——

「歡、歡迎回來，主人。」

說出一樣的話。

「我們學校到底有多少女僕？」

「先不管那個，大家只有這句話好說嗎？」

竜兒、能登還有觀眾們全都HIGH不起來。雖然這個學妹的確很可愛，有個性的貓眼加上飄逸的短髮，從迷你裙底下伸出纖細有如羚羊的雙腳。她應該是班上第一的美少女，可惜大家已經看過太多的女僕裝，再加上那句「歡迎回來」實在太沒有新意了，只會讓看膩的觀眾覺得「差不多就是這樣吧？」而且鋒頭又比不上主持人。

「高須，你知道嗎？今年校慶光是女僕咖啡廳就有八個班……我去了其中四個……不過光是要她們用番茄醬在蛋包飯上寫『能登下一個』，就要多花三百圓……」

「我還在想你怎麼不見了，原來你跑去做那種事。」

「是啊，我一直在逛女僕咖啡廳。你休息的時候跑哪去了？和北村在一起嗎？我和春田找了你好久，想要找你一起去逛。」

「我跟大河還有北村一起去三年級的食堂吃飯，還去了可麗餅店……對了，我們還有去排化學社每年販賣的『烤澎糖』，可是輪到我們的時候就賣完了。」

「因為每年的烤澎糖都很受歡迎。我也有去吃，還買了一些當禮物，我姊姊也是我們學校的畢業生，她超喜歡那個的。我這裡還有一些，分你一點吧？」

「喔？真的嗎？我要我要！」

竜兒忍不住和同學開心閒聊。等到他回過神，心懷愧疚地壓低聲音——

「啊，手機響了。是你的吧？」

口袋裡調成震動模式的手機突然開始震動。竜兒連忙拉著手機吊飾把手機拿出來。現在正在舉行「校花比賽」，這樣會打擾大家——竜兒心裡雖然這麼想，也注意到周圍的人們打從一開始就拿出手機對著舞台拍個不停。既然這樣，自己看一下簡訊應該可以吧？竜兒掀開手機掀蓋的時候，舞台上的女僕正以五音不全的聲音唱歌。

「啊——真是可憐……我投給這個學妹好了……」

那個時候——♪這個時候——♪女僕唱歌的模樣叫人心痛，無奈又夾雜同情的感覺逐漸冷卻會場的氣氛。

「笨蛋——要投給大河才對。這也會影響我們班上的積分。」

雖然值得同情，竜兒還是頂了一下能登的手，提醒他這一點。「嘿嘿嘿……」能登傻笑帶過。舞台上的女僕不曉得是因為緊張還是原本就是音痴，持續唱著走調的歌曲。竜兒基於禮貌，姑且還是瞄了一眼台上僵硬的女僕，同時看向手機螢幕。

看著螢幕——

在關燈的黑暗空間裡，手機螢幕閃耀眩目的光芒。

上面的文字清楚映入眼簾，不會看錯也不會有所誤會，所有的一切都化為文字飛進竜兒的視網膜。

標題是「麻煩你」。

寄件人是「逢坂（父）」。

第一行寫著「你好」。

「喂，高須，老虎是第幾個上場？是按照年級順序嗎？」

「嗯——」

一切的聲音突然靜止。

有件事情想請你幫我轉告大河，好嗎？

「不對，突然冒出三年級的。喔！是浴衣！而且長得還不錯！」

「喔……」

我因為工作的關係，等一下非得外出不可。

「喔，原來是茶道社的。竟然有那種學姊，真有古典氣息啊！」

「……」

所以我今天去不成了。對不起，改天再補償她。另外還有一件事——

「話說回來，亞美又出來搶鋒頭了！啊，那個鞭子女！」

「……」

之前說過要和大河一起住的事，就當做沒發生過吧。
我因為公司的關係，所以沒有辦法離婚。
因此我要繼續維持現在的婚姻。
請跟她說，偶爾也要陪我吃飯。
就拜託你和我的小公主說一聲，麻煩你了。

「高須……？」
——竟然是為了工作！
如果是臨時出差，或是客人來訪，甚至生病——如果是因為這些原因不能參加校慶，那還算可以接受。
不管大河多麼期待、多麼想見到爸爸、多麼相信爸爸會守信用，如果是因為那些原因，那也是無可奈何的。因為爸爸是大人了，即使把女兒看得再重要，也不可能把已經上高中的女兒學校活動擺在所有事情前面。這種事竜兒能夠理解，大河也一定會懂。
可是——

竜兒沒想過大河的爸爸會這麼做，也沒想過大河的爸爸竟然做出這種事……這種事他連想都沒想過……

「高須？怎麼了？喂……」

「……」

竜兒終於明白什麼叫「驚訝到說不出話來」。

他深吸一口氣，身體像是穿上鋼鐵盔甲動彈不得。上挑的眉毛、大睜的眼睛，全在看到簡訊第一行的瞬間停住，再也無法動彈。

太驚訝，真的太驚訝了。

竜兒當時真的嚇到了，因為他完全不了解，不了解這到底是什麼原因、什麼意思，也不知道自己該怎麼辦才好。

他不知道自己應該如何面對大河、面對這封簡訊、面對自己的想法。因為沒人可以告訴他答案。

「喂，你真的沒事嗎？你的臉色很難看喔……？」

能登用手搖晃竜兒的肩膀。竜兒想告訴他「我沒事」，卻連自己是否開口都不知道。

舞台上的浴衣美女開口唸出自己用五十音接龍寫出來的作文，觀眾席響起陣陣笑聲，校花比賽再度熱烈起來。

竜兒只是繼續盯著手機畫面，眼睛已經看不進任何東西。可是他似乎相信只要自己繼續看下去，可能會有什麼改變，所以只是逕自凝視眩目的螢幕。可是什麼也沒有改變，只有「事實」擺在眼前。

大河的爸爸不只拋下校慶，還拋下跟大河有關的一切，選擇逃避一途——

竜兒的眼裡只看得到這個事實。

「我、為什麼要相信他……」

他的喉嚨不禁吐出孩子般的尖銳聲音，緊緊抓住自己的胸口——我為什麼要相信他？為什麼沒有多加考量，就自作主張認為這是一件「好事」？為什麼完全不聽大河想說的話？竜兒的指甲無意識地抓傷自己，但是完全不覺得痛。

結果一切只是一場空。

只剩下我所造成的傷害。

竜兒不斷回想自己造成的傷害——他的心中浮現大河搖晃的身影。竜兒說服大河、大河跑向爸爸的背影、大河抱住爸爸的背、和爸爸一起站在街燈底下，那副靜不下心又有點害羞的表情。

大河好開心，真的好開心，總是一副開心、幸福的模樣……看到這樣的大河，竜兒真的覺得好寂寞。

因為感到寂寞，所以開始產生討厭的感覺。竜兒心裡原本就有一個連他自己也不願意正視的想法——他是多麼希望大河的爸爸不要出現。這樣一來，他們就能夠繼續三個人的生活，大河依賴他、大河需要他、大河向他撒嬌，而且自己也能夠因此說服自己「來到這個世界上是對的」。他覺得一切都被奪走、他覺得自己不再被人需要，所以竜兒感到寂寞，而且討厭得不得了。竜兒曾經隱約察覺自己的想法，所以才會拚命努力告訴自己、說服自己「這是一件好事」。

沒錯。

我不是因為相信大河的爸爸，才讓大河回到爸爸身邊。

我是為了自己，卻假裝是為了大河。

我想利用大河彌補自己欠缺、不足的部分，所以才會威嚇大河「妳打算捨棄我盼也盼不到的東西嗎！」

竜兒認為只要大河和爸爸能夠幸福，自己害得泰子不能回到雙親身邊的罪孽，就能夠獲得救贖。大河和泰子雖然沒有關係，但只要有一次救贖的機會，自己的心就能夠得救，就能不再認為自己是沒人要的孩子，來到這個世界是一場錯誤。

但是他的內心深處又真心希望大河的爸爸消失，希望大河永遠待在自己身邊，好證實自己的存在價值。

我怎麼會這麼蠢？怎麼會這麼無聊、這麼自私自利、自以為是？
於是上天才會用這種方式懲罰我。
我該怎麼告訴大河？
有如暴風雨的衝擊，凍僵竜兒的心肺，現在的他就好像一具屍體。什麼也無法思考，一根手指頭也動不了，耳朵也聽不見任何聲音。
「那麼～～！下一位參賽者來自二年C班，叫她『掌中老虎』各位應該比較熟悉吧！眾所期待的……逢坂大河就此登場————！」
喔喔喔喔喔——場內響起一陣低沉的歡呼聲。「掌中老虎登場了！」「她真的參賽了？」「不用準備柵欄嗎？很危險吧！」——現場興奮的眾多觀眾紛紛給予大河到目前為止最熱烈的掌聲。
「我、我說高須……輪到老虎了……」
能登一臉疑惑看著竜兒，竜兒仍然只是緊握手機，同時睜大眼睛。
甚至沒有發現會場瞬間安靜下來。
她……有點緊張的女孩緩緩出現在舞台。
薄紗配合她的腳步，在空中輕飄飄舞動。
天使的翅膀在背後微微抖動。

長及腰部的淺色長髮如同緩緩流洩的音樂，膨鬆的髮絲輕柔搖曳。

包裹在洋裝裡過於纖細的身體，彷彿一碰就會折斷。

低垂的睫毛在臉上落下影子。或許這只是眼睛的錯覺，總覺得有如硬質玻璃雕刻的細緻臉孔始終低下。

大河的柔順腳步宛如漣漪。

在一片靜穆之中，只有她的步伐像是吹過空氣的風。

快要化成糖水的澄澈模樣，沒有人膽敢出聲。

每個人都像是在守護剛羽化的夢幻蝴蝶，害怕破壞她的美麗，忍不住屏息遙望。

「不會吧……」

不知是誰低聲說道。

「超、超可愛的……」

至於竜兒——至於竜兒……

「嗯～～今天逢坂同學的爸爸也特地前來現場為她加油！逢坂爸爸，麻煩請你和女兒說些加油的話——！」

亞美單手拿著麥克風，另一隻手用力揮舞，看往觀眾席的視線帶有幾分擔心。

大河站在舞台中央收起羽毛，不安地咬著嘴唇等待，可是眼神仍然相信在這裡的某處，會有人為了自己大喊。

時間流逝的速度慢到無法想像。

「呃……那個……那～～～個……」

亞美忍不住發出聲音。預定要為大河聲援的爸爸根本不在現場。異常的停頓使得會場開始傳出騷動的聲音，不是對美麗天使的讚美，而是出聲質疑：「根本沒來嘛！」「快點繼續進行啊！繼續！」

大河的翅膀抖了一下。

竜兒看到了。

大河。

大河——

「高須……？」

所以竜兒踢倒椅子站起來，大河看見竜兒的眼睛，兩人的眼神交會。當大河看見竜兒的手上緊握手機，她比任何人都明白發生了什麼事。當她看到竜兒的表情、竜兒的樣子，一瞬間露出難過的模樣，看來就像快哭出來的嬰兒。

大河低下頭，痛苦閉上眼睛。

她的動作彷彿是在訴說，所有的一切她都懂了——爸爸沒來現場、也不會來接她。只是不知道她為什麼一點也不驚訝。閉上的眼睛彷彿是在說：「既然如此，這個世界上再也沒有值得看的東西。」

小小的肩膀失去力量，翅膀緩緩垂下，脫落的羽毛代替淚水掉落腳邊。

竜兒什麼也不能做。大河所在的舞台太遠了，他就算伸出手也搆不著，也沒辦法把大河的爸爸硬是拉到現場。

大河似乎打算逃離眾人環視的舞台。

轉身過去的大河背對觀眾，就這樣低著頭準備踏出腳步，只是沒想到大河就連這個時候也不忘發揮她的笨拙天性。

「哇啊……！」

啊啊啊！觀眾席響起一陣慘叫。大河的高跟涼鞋竟然會在這個時候踩到自己的裙襬。失去平衡的她被自己的體重牽連，就這樣在舞台正中央倒下。

「喔……！」

「唔——哇……小不點老虎……」

咚！發出驚人聲響的大河以竜兒和亞美都不忍卒睹的姿勢，直接朝著下摔倒在地，洋裝掀起，整條腿都露在外面。站在舞台旁邊的其他參賽者，也因為她摔倒的模樣太過嚇人而僵住。所有人都動彈不得，眼睜睜看著眼前發生的事。

太過突然的意外讓大家閉上嘴巴，體育館裡一片靜悄悄。

「好……痛……」

只有大河低沉的喃喃自語獨自響起。她到現在還站不起來，只好拚命伸手整理洋裝裙襬，可是洋裝裙襬破了，甚至一直裂到大腿，雪白的雙腿就算想遮也遮不住。那個樣子真是丟臉斃了，令人不禁感嘆禍不單行。

我該怎麼做才好？遭受上天懲罰的雷擊，又被自我厭惡的椅子狠狠貫穿，一旦鱗片固定在地上，就算是龍也飛不起來，也沒辦法揮動翅膀搧風。身為狗的竜兒更是沒用，除了不知所措，還是不知所措。他已經自暴自棄到想要放聲大哭的地步——大河遇到那樣的事，自己卻只能待在這裡……

「唔……」

大河終於抬起臉。

不知道是因為丟臉，還是情緒過於激動，她的臉似乎比血還紅，熱淚盈眶的她只能緊緊咬住嘴唇、動動鼻子。

什麼事也不能做的狗在心裡大喊——妳能選擇的路只有兩條。

第一條是這樣當場哭倒，等待有人伸出援手。搞不好這個世界會突然燈光轉暗，出現某個人來迎接大河，以漂亮的手法解救她，順便把可能成為日後茶餘飯後話題的「那個場面」

也一起帶走。

除此之外還有另一條路。

就是靠自己的雙腳站起來。

就這樣帶著摔倒的傷口與恥辱，在大家的目光與自我的情緒之間找個平衡點，想辦法做點什麼。即使打馬虎帶過去也好、即使傷口裂開也罷、即使成功機率不大、即使手法不太高明，不管是要痛苦還是要失敗，總之先想辦法站起來往前走。

妳要選擇哪一條路？

妳、大河，要選擇哪一條路——

「啊……真是夠了……」

不滿的怨嘆很小聲。

燈光很強烈。

強烈，而且比什麼都耀眼。大河的雙眼猶如沐浴在燈光底下的星星，開始獲得重生。背後的翅膀抖了一下，不甘心瞇起的眼睛發出凶暴的目光，稍微動了一下身體，像剛睡醒的動物一樣用力搖頭：

「糟糕……透了！」

接著毫不遲疑地把裂開的裙襬撕掉，粗魯的舉動讓觀眾席發出一陣驚呼。大河在眾人的

驚呼聲中，不明究理地用一副了不起的模樣抬起下巴、挺起胸膛，一如往常的桀傲不遜，搓搓通紅的膝蓋，靠自己的力量搖搖晃晃站起來。

她站起來了。

我才不會被擊倒——她在嘴裡低聲唸唸有詞。表情扭曲、眼淚集中在眼眶，不過還是再度踏出腳步，一個人踏上舞台。身上的衣服是最可愛的迷你裙，這位評價比任何人都高的校花比賽候選人，一步一步向前走。

「她辦到了……」

竜兒感覺到大河的翅膀正在破風前進。

只是風還不夠強，有點擔心她飛不起來。

「高須？」

此刻依然身在充滿吵鬧聲浪的混亂觀眾席，竜兒一個人——

一個人開始鼓掌。

他使盡全力拍手，整個體育館響徹鼓掌的回音。

這就是風。

這是我從這裡送給妳的風。

「喂，那是不良少年高須。」

「真的耶，他在鼓勵他的同伴。」

——竜兒無視這些竊竊私語，自顧自地起立鼓掌喝采，只為了堂堂闊步的女孩、只為了逢坂大河，竜兒送上風、送上至高無上的稱讚，他還用力獻上鼓勵的話語：「加油！加油！努力下去！」

「不過……我們也幫她加油吧？她很可愛耶！」

「對啊對啊，總之掌中老虎萬歲！」

「掌中老虎所向無敵！笨手笨腳也是無人能敵！」

掌聲有如漣漪一般從竜兒的周圍開始向外擴散。能登，還有身旁不知名的傢伙，以及再過去的傢伙，一個一個都站起來用力為大河加油。二年C班所有同學當然是使盡全力鼓譟拍手，就連主持人女王陛下也露出意外的笑容，把麥克風夾在腋下鼓掌，「咻——！」以甜美的聲音煽動觀眾。所有人都為了走在台上的這位美麗、危險、笨拙到無藥可救的校花候選人用力拍手。眾人的掌聲化成風，穩穩支撐大河前進。

就在掌聲充滿整座體育館之時——

「大——河——！」

這個如同怒濤貫穿體育館的叫聲，並非竜兒的聲音。

「大河！聽好了————！不管什麼時候！不管發生什麼事！大河都是最強

的啊啊啊！不會有事的啊啊啊啊啊———————！」

聲音有些沙啞，於是那個人喘了一口氣。

那個人是実乃梨。実乃梨站在最後一排的椅子上，打算再次大喊，不過她突然開始咳嗽，發不出任何聲音，於是竜兒接著喊下去：

「大、河———————！幹得好！就是那樣！上啊！加油啊啊啊啊啊啊啊啊———————！」

能登以及其他人全部驚訝地抬頭望向竜兒，但是竜兒依然繼續大喊，和実乃梨一搭一唱，喊著加油，叫她別認輸，以起立鼓掌喝采的方式，為了大河放聲大叫。

他們相信大河的選擇一定沒錯。

因為就算跌倒，人生還是要繼續往前走。無論發生什麼事、無論多麼辛苦、多麼痛、無論怎麼被背叛、怎麼沒用，只要活著就必須像這樣不斷爬起、不斷前進。不管跌倒多少次，不管自己還有沒有力氣站起來，還是要前進，不管哭或笑，還是必須靠自己的雙腳，在自己選擇的路上努力走下去。

這就是「生存」。

以無比韌性努力活下去的大河，非常不爽地皺起通紅的臉，搓搓偶爾覺得痛的手肘與膝蓋，大步走在舞台上。背上翅膀的羽毛繼續飄落，彷彿在大河走過的路上覆蓋一層薄雪。竜兒使盡全力為大河鼓掌，繼續喊著「很好、加油！」席捲會場的掌聲漸漸擴大，處處可以聽見口哨聲，以及喊著「掌中老虎」的叫聲。

可是來到麥克風前的大河卻是鼓起太陽穴，使盡全力怒吼：

「吵————死了啊啊啊啊啊啊啊啊啊————！」

她以矢沢永吉（註：日本知名的搖滾歌手）的姿勢抱住麥克風架向前傾，撕開洋裝所露出來的雙腿氣勢十足地岔開，正心想她打算說什麼的時候——

「爸爸那種東西！我要切爛剁碎丟到MORGUE去啊啊啊————！」

喔喔喔……觀眾一下子嚇得往後退，然後用可以理解的語氣低聲說道：「不愧是背負最凶最強之名的危險動物．掌中老虎，就連親子關係也是充滿鮮血戰慄。」

大河來到這裡，似乎有點自暴自棄。

「自我推薦時間！喂！笨蛋！叫你準備的東西呢！」

「遵、遵命！」

大河叫他「笨蛋」的春田老早就準備好道具、坐在觀眾席最前排。春田拋上舞台的東西，是旅行用的波士頓包。她到底想幹什麼？只見大河拉開拉鍊，俐落地把自己的身體彎得比平常更小，整個人縮進包包裡。然後從波士頓包裡——

「拉起拉鍊————！」

可能是因為太過凶狠的關係，有個可憐的候選人連忙跑過來，戰戰兢兢拉上拉鍊。觀眾再度大方地為大河簡潔有力的表演獻上掌聲。

拉上拉鍊的一年級生似乎是出自於體貼，伸手提起波士頓包，觀眾的歡呼更加熱烈——

「不准提————！」

「咦！」

對於大河來說，提起包包似乎不是她要的表演。就在包包擺回地面的幾秒之後。

「打開————！」

一年級女僕連忙幫她把拉鍊拉開。大河撥弄頭髮，一副了不起的模樣站起來：

「哼！這位女僕，不錯吧？幫我服務是妳的榮幸吧！」

大河驕傲地挺著胸膛恫嚇對方……剛才明明就像一隻被車輾過的青蛙，摔得很慘……

接下來是發表公正投票結果的時刻。

沒想到帶著天使翅膀，囂張的輾斃青蛙老虎，真的獲選成為校花。勝利的關鍵是精采的跌跤，以及模仿某個過瘦的超能力搞笑藝人（註：暗指日本的搞笑藝人ESPER伊東）躲進波士頓包裡的才藝。

這次再也沒有任何人遲疑，全體一致為大河鼓掌。大河繃著臉再度走向舞台中央，在執行委員的指引之下，坐上安排在高處的寶座。

竜兒一直在台下看著她。大河面向正前方，驕傲地抬起下巴，可是只有孤零零一個人。她在眾人的注視之下看著大家，沒有人抱住她，也沒有人帶她回家。

大河就這麼一個人孤零零坐在那裡。

「高須……？你、你在幹嘛？喂！」

竜兒想要前往大河身邊，就算只是拉近一點距離也好。他準備跨過眼前一列又一列並排的椅子——雖然他知道自己不是她所盼望的那個人，雖然他知道大河心裡的傷口，是自己怎麼樣也彌補不了的。

可是即使她的心開了大洞，自己或許還是能成為支持她活下去的支柱，而且現在正是上去支撐她的時候。竜兒撥開前座觀眾的肩膀，準備一步一步向前方走去。看見這個給別人造成困擾的舉動，能登連忙用力壓住竜兒的肩膀：

「跟你說沒用的！對、對不起……喂、你害我挨罵了！」

體育館只有在這時候才會顯得如此寬廣，即使竜兒擺出一張壞人臉，仍舊奈何不了排得滿滿的摺疊椅，而且能登的手也是意外有力——

「大河……」

心快碎了。

竜兒不知道自己能夠做什麼，可是他覺得只要走到大河身邊，就能找到答案。只想接近一個人孤零零的大河，就算一步也好、一公分也好。

就在此時。

「各位來賓！現在進行最後一場比賽！」

現場響起充滿老大風格卻又凜然有力的女聲，讓竜兒不禁停下拚命向前走的腳步。

＊＊＊

「啊——哈哈哈哈哈哈哈！」

六個人在此現身。

他們身上穿著制服，手臂上掛著鮮紅色的臂章，在舞台上一字排開。

站在中央手拿麥克風開心大笑的人，就是全校學生的心靈導師、活生生的傳奇、眾人豪放磊落的老大——

「喔，大家都活蹦亂跳的嘛！那麼接下來就要舉行本年度的『校草比賽』！」

她就是完美無缺的學生會女會長狩野堇。

站在她的右手邊，忠心不二、一動也不動的人，就是副會長北村祐作。並列站在後方的幾個人，則是學生會的其他幹部。至於其他帶著綠色臂章的執行委員，統統在他們的後方站成一排。

觀眾延續校花比賽的亢奮，開始失控地大吵大鬧——「又發生了什麼事？」「校草比賽好像要開始了！」「明明就連候選人都還沒決定！」

呵——堇的唇邊浮起微笑，制止現場的吵鬧聲音。

「校草比賽的審查方式就是……這個！」

配合堇的暗號，學生會成員用力拉動不曉得幾時從天花板垂下來的繩子。啪！巨大彩球應聲打開，紙片和彩帶一起飛舞，捲起的紙條展示在眾人面前——

「……痛！」

正好打中學生會某個天生倒楣鬼的腦袋。堇毫不關心地推開痛到蹲下的傢伙，故意大聲唸出紙上看也知道的內容：

「今年要選的是——『Mr.福男』！」

福男……那是什麼？

擠滿體育館的觀眾腦波彷彿就在此時突然同步，所有的人都一起歪著頭。讓能登費盡心思、現在還夾在椅子縫隙之間的竜兒也不由自主和大家一起歪著頭。北村在舞台上向前走了一步，拿起麥克風說道：

「所謂的『福男』，就是兵庫縣西宮市的西宮神社，在每年一月舉行的『十日戎開門神事』習俗。大家都有在新聞、報紙上面看到相關報導吧？每年都有很多人在一月十日黎明聚集在外側大門，等到門打開的同時，一起爬上兩百三十公尺長的石階，衝向正殿。根據抵達的先後順序，決定『第一福』、『第二福』、『第三福』頒發獎品，至於『第一福』就被稱為『福男』。總而言之——現在運動場上已經布置好比賽場地，想參加的人馬上到起跑點集合！第一位抵達的人就是『福男』，也就是今年的『校草』！」

聽到北村說明遊戲規則之後——

「在校慶上賽跑？不會吧！」

噓聲大過歡呼聲。抱持同樣看法的傢伙也陸續開口抱怨：

「為什麼女孩子只要站在台上唱歌，男生卻要跑步？」

「為什麼只有男生要做這麼麻煩的事！」

大家的意見化為噓聲，開始抱怨舞台上的學生會成員。可是站得直直的堇只是面帶冷靜的微笑，忍耐這些不停抱怨的人。

「不想參加當然可以不要參加，這是自由報名的活動。」

「那就不會有人參加了。」

「好——走吧。」

觀眾顯然興趣缺缺，到處都可聽見離席的聲音。然而——

「至於『福男』的獎品——第一項是有資格在晚上的營火晚會上，邀請今年的校花逢坂大河共舞。第二項是有資格為校花戴上后冠。」

放在手推車上的后冠送到大家眼前，學生會的成員以畢恭畢敬的姿勢拿起后冠。雖說有資格邀請校花跳舞，但是大河也可以拒絕——許多沒興趣的傢伙已經準備離場了。

「喂，那上面好像還有什麼東西？」

「有一大包東西！」

閃閃發光、看起來就像是租來的后冠底下，吊了一個沉甸甸的神祕布袋。堇的嘴角泛起微微的笑容，接著說下去：

「唉呀，有一件事我忘了說……這個后冠可是有附屬品的。那就是狩野超市特製的購物袋，這可是購物滿三千圓才能得到的東西。至於袋子裡面——這個嘛，只不過是把不要的東西回收再利用，就是我三年以來的舊東西。從一年級那個四月開始的各科筆記，包括所有考試的考卷、解答、紀錄……我這個人的個性可是意外認真，因此所有上課的筆記、老師問的問題、問題的答案、論點的整理等等……所有教材統統完整保存下來。唉呀，雖然當垃圾丟掉也行，不過我希望在自己畢業之前，能夠讓校花與福男這對幸福的伴侶，一起開心翻閱這三年來用功讀書的痕跡——」

現場氣氛為之一變，剛才的噓聲也瞬間散去。

「狩野老大的筆記……？」

「所有考試的考卷……？」

「筆記、問題、答案、論點……？」

「入學以來三年的成績都是全校第一，滿分是理所當然的『那位』學生會長，用功讀書的痕跡……？」

眾人的聲音變得愈來愈興奮。原本打算回家的學生裡，有些人也想聽聽接下來還有什麼，又開始坐回座位。特別是那些成績很糟糕的傢伙，以及有留級危險的三年級生，也開始鬼鬼祟祟地商量是否參加。天才狩野堇的念書用具——這個獎品真的太有吸引力了！愈發興奮的觀眾之中還有些人——

「咦？有人要參加嗎？真的假的？那、那和掌中老虎共舞也是真的囉？可是最後還是會被拒絕吧！對吧？」

「我是這麼想啦……嗯～～～如果她不能拒絕呢？」

「有可能嗎！」

「可是聽到有人要參加，不知不覺就焦躁起來……先不管跳不跳舞，能夠和老虎一起影印東西也很棒吧？」

「和老虎當朋友……」

「有可能是真的……」

台下的男生開始偷瞄坐在學生會成員後頭的大河。雖然大河聽到堇提起自己的名字，可是她既沒有生氣也沒有反駁，只是靜靜縮在椅子上。姑且不管她的本性如何，但是只要不發飆，的確沒有什麼能夠比得上大河的可愛。

「決定了！我要參加！」

「不會吧？真的假的！」

「好！我也要參加！目標是『第一福』！」

報名的傢伙紛紛出籠，甚至聚在一起討論策略。

「田徑隊如果輸給其他社團，那可就難看了！」

「好！打倒田徑隊！現在正是展現籃球社實力的時候！」

「足球社集合！讓我們用華麗的腳法撂倒其他人！」

「呵呵呵，我們在此了斷足球社的生路吧！五人制足球同好會集合！」

運動社團成員全都不願在這場比賽輸給外行人，每個社團都聚集起來圍成一圈，大聲呼喊要奪下福男寶座。

「人家也想要老大的筆記！」

「一班只能派出一個人參加校花比賽，為什麼校草就可以自由參加？太狡猾了！」

女孩子也紛紛發出不平之鳴。堇看見男生興高采烈地鼓起幹勁，於是單手拿著麥克風，站在舞台上說道：

「雖然名稱有『Ｍｒ．』，但是參賽者不限男女！我們也非常歡迎女孩子參加！喂！決定好的傢伙就到運動場的跑道外圈集合————！」

喔————！男生的低沉聲音裡夾雜了女生的歡呼聲。

在往外移動準備集合的學生之中，也看得到竜兒的身影。

竜兒並不想要老大的筆記。

他對「福男」的稱號也沒興趣。

和大河共舞——這也還好。

他只想比任何人早一步接近大河。無論如何、不管是用什麼手段，他只想快點奔向一個人孤零零坐在那裡的大河身邊。

7

集合在跑道外圈起跑點的參賽者，光是男生就有四五十人，除此之外還有十幾個女生也站在這裡。

時間已經來到傍晚時分。冰冷的秋風吹過運動場，場邊聚集許多看熱鬧的人，一邊用手打拍子一邊等待活動開始。在聚光燈照射的賽道終點，大河披著紅披風坐在椅子上，學生會成員與執行委員圍在身邊保護她。只見他們以稍息的姿勢瞪視參賽者，彷彿是在訴說誰都不准接近這個寶物。

另一方面，參賽者的明爭暗鬥已經在起跑點展開。大家當然不可能友善排成一列，讓其他人順利出發，每個人都打算奪取最有利的位置。

「別推啦！」

「少囉唆！我可是田徑隊的！你們這些礙事的短腿統統閃開！」

「你說啥？說那什麼話，我才想叫你滾開！」

「喂！不要推女生啦！」

「如果不想摔倒大哭、搞得全身髒兮兮，妳們這些女孩子就給我閃一邊涼快去！」

「而且女孩子來湊什麼熱鬧！真是擋路！」

「啥？氣死人了！」

「去死！」

大家舉起手肘頂來頂去、用腳踩來踩去、肩膀擠來擠去，演變成非常難看的鬥爭。

「喔……！」

「不、不會吧……高須同學也要參賽？」

一名男子的登場，讓人牆以「摩西劃開紅海」的氣勢讓出一條路。他就這麼悠然走到起跑點——這名男子的名字正是高須竜兒。他的眼瞳開始不停轉動，眼神只能用「狂」一個字來形容。舔了一下乾澀的嘴唇，以壓制眾人的目光環視四周。

光靠視線就讓人群再往後倒退一步——平常的竜兒會因此而受傷，不過現在這種時候，這個特色正好派上用場。他是真心想要拿到「第一福」。

他想比任何人都早一步抵達大河身邊。竜兒受到驚嚇、死過一次、變得一片空白的內心，此刻已是堅定無比。現在的他無比憤怒。

他想把口口聲聲叫大河「小公主」的男人痛毆一頓、揉成一團丟掉，也想和大河一起對他怒罵：「我們不需要你！」、「你這種人沒資格當國王！」、「我會用我的手為大河戴上亮晶晶的后冠，再也不需要你的手！」我想用自己的手支撐大河看似快要折斷的背，給予大河未來幾十年、幾百年都能夠一個人前進的力量，讓那個國王成為沒用的垃圾。而且我也要捨棄愚蠢的自我，讓他瞧瞧我的重生。我們已經不需要你。

為了這個目標，我什麼都願意做——要不然我一輩子都不會原諒愚蠢的自己，也沒辦法面對大河。

「有幾件事情還要請大家注意！首先是——千萬小心不要受傷了！我們在終點設有安全氣囊！」

置身起點的北村伸手指向終點，那裡的確備有安全氣囊。

「多謝！」

那就是擁有柔軟的強健體魄，英姿煥發的相撲社社員。即使到了這個季節，依然只穿著一件丁字褲站在戶外，露出雪白的肌膚，用力拍打腋下。他們一起彎下腰、站開光溜溜的雙腿、彼此膝蓋靠著膝蓋、雙手張開擺出架勢，彷彿是在向眾人宣誓——福男就由吾等這身肉來守護！「這個……不會吧……？」因此退縮的女同學一名。「唉呀！這樣不是比較萌嗎！」以及亢奮的女同學一名。

隨便啦！管他是什麼相撲社員還是橄欖球社員，會衝進他們厚實胸膛的人是我！還要加上想法讓人有點誤會的竜兒一名。

「接下來要說明路線，請大家聽清楚了！」

「路線？一看就知道啦，不就是繞跑道半圈？」

聽到一旁的人說的話，北村的眼鏡一閃，只用「錯！」一個字加以否決，然後舉起一隻手打信號。

「喔！」

「好厲害！這要花不少錢吧？」

道路標示燈瞬間從並排站在起跑點的參賽者腳底下亮起，發出眩目的光芒導引參賽者前往終點。

「的確很厲害……可是好像有點怪？」

「指示燈為什麼不是沿著跑道，而且有部分消失在校舍裡？」

「你們終於注意到了！」

北村擺出得意洋洋的模樣說道：

「福男比賽的路線就如同指示燈所示，一開始是直線。接著穿過舊校舍，從樓梯口再度回到運動場，終點前面也是直線！一鼓作氣衝向終點吧！」

聽到北村抬頭挺胸的說明，參賽者立刻冒出「什麼——！」的反駁聲浪。

「等、等、等一下，學生會的蠢蛋！你說要跑進舊校舍？要我們在一邊是柵欄的狹窄地方跑步？我們有這麼多人耶！」

「而且還要跑過樓梯口！那裡不是超窄的樓梯嗎！」

「只要直線多加油就好了。好！各位準備好了嗎？」

北村毫不在意的聲音，讓大家明白就算抗議也沒用。不喜歡就退出——不是嗎？

竜兒在一片吵鬧聲中站定位置，瞪著路線前方——不滿意就退出啊！退出退出，最好所有人都退出！

距離不是很長，問題就在進入舊校舍的時機。那裡面簡直就像狹窄的隧道，裡面的路是一決勝負的關鍵，總之要第一個進入舊校舍，才能阻擋其他參賽者。至於之後的直線衝刺，就交給上天來決定。在那之前要盡可能取得大幅領先，好歹我也曾經是運動社團的一員——國中三年都是羽毛球社！要比速度我可不會輸！竜兒緊咬嘴唇，確認可能的最大勁敵——以一般跑法恐怕難以獲勝的田徑隊隊員所在位置——發動瞪眼攻擊！別跑在我前面！竜兒開始以凶狠的眼神對其他參賽者施加壓力。

「各就各位！預備——！」

直視前方的竜兒，沒有發現背後有些人正在鬼鬼祟祟商量什麼事。他用屁股若無其事地牽制採取蹲踞式起跑法的傢伙，而且鞋尖踏在快要超過起跑線的地方——

「開始！」

砰——！槍聲響起。

正如同字面含意，竜兒以快如子彈的速度拚命向前衝。他豁出去了。

「喔！」

沒想到突然遭人下毒手，後面有人拉住他的襯衫。失去平衡的竜兒遭人絆倒，耳朵聽到——「從高須開始摺倒！」「大家聯手就不會被發現了！」

「你、你們這些混蛋……！」

竜兒倒在跑道上。「謝啦！」有人踩過他的屁股，灰塵也在準備起身之時跑進眼裡。

「可……可惡……！」

既然你們要玩陰的，那麼我就陪你們玩。

「我才不會輸！」

竜兒抓起一把土快速起身，把土灑向準備超越他的卑鄙傢伙——當然是瞄準眼睛。「哇啊！」、「痛痛痛痛！」竜兒趁著他們用手按著臉，腳步蹣跚的時候全力奔跑，還順便伸手抓住前面的人——

「別怪我！」

「哇哇哇……！」

被竜兒拉倒的人撞到別人，兩個人一起摔倒，竜兒不禁露出藏不住的幸運笑容。這下子他完全融入壞人角色。那又怎麼樣？我還可以幫你洗腦喔？再怎麼說，我可是不良少年高須，從一生下來就被當成壞人，不過還是堅強地活了下來。

「唔哇！高須復活了！」

「好恐怖啊——！臉！好恐怖！」

「喝啊喝啊喝啊喝啊！」

「呀——！」甚至就連觀眾席也發出哀嚎。看樣子從下往上照的指示燈正好有加乘效果，為竜兒在傍晚全力奔跑的認真表情，增添了不吉利、不舒服、危險的感覺。回頭看到竜兒表情的傢伙，雙腳開始不聽使喚——這下子擺平三個人。

「我知道你的名字，我記得你叫……」

「哇啊啊啊，對不起——！」

看到竜兒在對手背後低聲耳語，嚇了一跳的陌生傢伙也摔倒了。這下子總算解決四個！不過還差得遠，前面還有好幾個人。田徑隊的速度真的很快，速度打從一開始就比不上他們。起跑失敗的傷害真的很大，太大了。

「王八蛋——！」

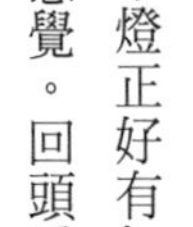

「呀啊啊啊啊，有鬼——！」

原本以為擺平第五個人，沒想到摔倒的人竟然是位於觀眾席的國中女生。「可惜！」竜兒一個咋舌，瞇起瞪視跑道的眼睛。領先集團已經衝進校舍，一個一個消失無蹤。

慘了慘了慘了慘了！被他們跑進去就追不上了！就算用卑鄙的方法也沒用！這下子該怎麼辦才好？雖然不知道，總之竜兒保持現在的排名，跳過狹窄的轉彎，跟著進入看似昏暗洞穴，有一側是柵欄的校舍。

就在此時——

「喔！」

「切！沒打中！」

大河的迴旋踢劃過眼前——雖然這麼認為，可是突然襲來的速度比想像還要慢，竜兒在千鈞一髮之際模仿電影「駭客任務」裡基奴李維的下腰動作，有驚無險避開眼前突如其來的不明物體。

竜兒順勢倒下，等到站起來才發現那是某個人的手——從柵欄縫隙伸出來的手。

「你們在幹嘛！」

「抱歉了，這裡不給過！除了籃球社的人，全都要葬身在黑暗之中！」

「啊，笨蛋！你竟然說出來了！」

這些人到底是在什麼時候跑進來的？柵欄的另一頭站著一排詭異的毛巾覆面怪漢，他們趁著黑暗拉住不知情的「校草」參賽者，絆倒他們。仔細一看才發現前面有幾個摔倒以及被人踩到的傢伙。

「開、開什麼玩笑！我等一下就去報告老師！」

「要去就去！我們絕對不會讓你通過！喔！又有人來了！」

「來吧來吧！那是五人足球的人！」

「唔哇啊！」緊跟在竜兒後面進來的傢伙，成了柵欄怪人的餌食。竟然還有這種人？可是我不能繼續在這裡虛耗，得想辦法前進才行——竜兒再度向前跑。

「痛！」

「喔！抱歉！」

他的腳踩到某個人的屁股，可是沒有時間停下來。一邊是老舊的四層樓水泥舊校舍，另一邊是怪人作亂的柵欄，只要稍微放慢速度——

「不良少年高須！聽說真正的你並不可怕！」

「是啊，你們比我還可怕！」

在柵欄另一側追著竜兒的傢伙一個一個從欄杆縫隙伸出手，胡亂拉扯竜兒的頭髮和衣服，而且腳下——

「哇哇哇……！」

倒地的人變成障礙物，絆到竜兒的腳。差點摔倒的竜兒小心踏著腳步，避開障礙物前進。耳朵聽到背後傳來其他人的慘叫，前方是被障礙物絆倒、摔成一堆的同學。這裡簡直是地獄、是用來捕捉人類的蟑螂屋。

「可惡！麻煩死了！」

竜兒連續跳了兩步，順勢攀上高約兩公尺的柵欄，搖搖晃晃站在柵欄頂端。

「還有這一招？」

「現、現在不要跟我說話！」

比起那些抬頭看著竜兒，說不出話來的傢伙，最害怕的還是跳上柵欄的本人。「咿！」淚眼矇矓的竜兒發出無聲的慘叫，眼前一片黑暗，不過還是打算一口氣衝過只有數公分寬的柵欄。不要看下面、我不能掉下去——竜兒拚命這樣告訴自己。

「可惡，竟然用這一招！把他拉下來——！啊，痛痛痛！」

竜兒已經渾然忘我，毫不留情踏過準備抓他的手——連同害怕一起踩碎！我要成為第一！我只能夠這麼想，我要第一個抵達大河身邊。接下來的路上，竜兒只有這個想法。

底下黑漆漆的賽道上，陸續出現摔倒以及絆倒的傢伙，大家全擠成一團，後面進來的人又繼續擠上來，把路完全塞住了。這下有機會——竜兒拚命調整不穩的腳步。

「啥？不良少年高須？不會吧！有需要拚成這樣嗎！」

「需要！」

「為什麼！」

「太多原因了！你管不著！」

竜兒終於超越那些抬頭看到他而驚訝不已的眾人。現在的竜兒是第一名，他發揮驚人的專注力從柵欄上面跑過去，舊校舍的出口射來一道指引道路的光芒，閃閃發亮一直延伸到終點。竜兒跳下柵欄，用力踏在地上。

他比任何人都早一步衝出黑暗，前面是個急轉彎，竜兒一口氣跳下四階樓梯——

就在這個時候。

「……！」

逢坂大河從椅子上站起來。

有如洋娃娃的臉上，染上鮮豔的薔薇色。

濕潤的眼睛睜得老大，眼裡只看著一個男生。

那個跑第一的傢伙、朝著自己跑來的傢伙，就是——

「竜……」

就在這個時候。

「啊？騙人！高須同學高須同學、是高須同學啊啊啊！」

「沒錯沒錯！他是第一名！好厲害！好快好快！加油啊！」

席捲現場的歡呼聲中，用力拍手的木原麻耶與香椎奈奈子以比誰都高亢的聲音大喊。在她們後面一點的地方，披著長大衣的川嶋亞美低聲說道：

「咦——？」

只見她雙手抱胸，表情茫然，可是眼中閃著不可思議的灼熱光芒。

就在這個時候。

「咦！」

有幾個觀眾注意到狀況不對，忍不住睜大眼睛。眼前令人難以置信的景象，讓所有人都低聲說道：

「好、好快……！」

竜兒相信自己比任何人都早一步回到運動場，而且全場的觀眾也是這麼想，然而就在這個時候——

有個影子從竜兒忽略的右後方俐落急轉彎，無聲無息超越竜兒。那個傢伙搶先一步跳下階梯，單腳著地用力踢了一下地面，然後從比竜兒還要低的地方轉過頭來，瞇起眼睛小聲說了一句：

「真是慢吞吞。」

「櫛……！」

櫛枝実乃梨！

沒有紮起的頭髮隨風飄揚，実乃梨冷冷嘲笑竜兒之後，立刻轉身以男生全力衝刺也追趕不上的驚人速度，彷彿是在空中輕舞一般衝向直線跑道，頭也不回地快速往前衝，遠遠把竜兒甩在後頭。標示燈的光芒所構成的跑道彷彿是為了実乃梨而閃耀，直線引導実乃梨前往終點的道路。

不能輸——竜兒的心臟補充更多能量。

絕對、絕對、絕對不能輸！不能輸給妳！

「你和大河的爸爸見面時，有沒有睜開兩隻眼睛看清楚？」——當時的実乃梨是這麼詢問竜兒。

我當然有睜開。

可是也看走眼了。

「可惡……可惡！可惡可惡可惡！王八蛋——！」

錯的人是我，是我懷疑実乃梨的真心。只要我當時願意仔細思考，就能明白了不是嗎？那個王八蛋每天晚上帶大河去外面吃飯，害大河的下巴長出痘痘，還差點弄壞大河的胃不是嗎？因為道路施工而禁止通行，那個王八蛋要我出去接大河，根本就是因為不願意把自己的車子放在路邊、送大河回家不是嗎？那個王八蛋給大河這麼多錢，根本就是因為不想讓大河因為沒錢用而去煩他不是嗎？那個王八蛋不吃家裡做的東西，不讓大河做菜，也是因為不想收拾善後。那個王八蛋就連不守約定想要道歉，只是傳一通簡訊給我，連直接向大河道歉都做不到。那傢伙打從一開始就拋開所有麻煩的東西，那個渾球、王八蛋、豬頭——明明就有這麼多蛛絲馬跡可以判斷！

竜兒的眼睛竟然全部沒有看到。他的腦袋只有想到自己，沒辦法看到全盤狀況，差勁的人是竜兒才對——怎麼會有這麼蠢的男人？怎麼會有這麼笨的狗？不但傷害大河還懷疑実乃梨，而且還追不上那個遠去的背影。如果在這裡輸了，我就真的只是沒用的王八蛋！所以不能輸！絕對不能輸！

跑在前頭的実乃梨很認真，慢慢加快速度衝向直線跑道。竜兒聽到追上自己的人們一邊喘氣一邊說：

「那個女人的腳程好快！可惡！沒提防到女人！」

「她不是女子壘球社的社長嗎！」

「那傢伙真的很快。剛才為了不被暗算，所以躲起來了！」

竜兒與其他人都在後面拚死追趕実乃梨輕快的背影。終點就在眼前，実乃梨的體力似乎有點不濟，竜兒與她的距離越來越近，可是在竜兒後頭拚命追趕的腳步聲也在逐漸逼近。竜兒突然看到跑道旁邊有人悄悄靠近，他還來不及反應那是什麼，正當他打算睜大眼睛看個清楚的同時——

「咦？唔哇唔哇啊！咿——！」

領先的実乃梨突然放聲大叫。靠近跑道的奇怪傢伙拖著偷偷帶來的障礙跨欄，當著実乃梨的面前擺在跑道正中央。這種東西田徑隊的成員一定能夠輕易跳過，所以犯人應該就是田徑隊。由於事發過於突然，想要跳過柵欄的実乃梨卻失去平衡直接撞倒柵欄，狠狠摔倒在地，揚起一片沙塵。緊跟在後跑過來的竜兒也——

「啊啊啊啊啊，危險——！」

他想避開跌倒的実乃梨，卻一不小心摔出跑道，臉部著地的竜兒，臉頰頓時感到一陣有如火燒的灼熱。実乃梨沒有看他，而是像蚱蜢一樣跳起來。竜兒也順勢向前滾，馬不停蹄繼續向前跑。跌倒幾次就要爬起幾次！就像那個傢伙一樣——可是在他們摔倒的時候，後面有一個、兩個、三個人超過他們，実乃梨一下子落到第四名，竜兒則是第五名。他什麼也不去想，只想全力奔跑。還不能放棄！還不能停下腳步！可是終點就快到了，領先的傢伙就要衝過終點了！

已經趕不上了嗎？

「櫛枝學姊——！這個——！」

觀眾裡面有人拋來白色物體，実乃梨很自然地伸手接下，這才發現那個東西是壘球。実乃梨邊跑邊看手中的壘球，又看看領先者的後腦勺。

「好啊啊啊啊啊！」

她突然停下腳步。

雙腿用力踏住地面，彎下柔軟的背部，用全身的力量使勁揮動右手——側投的白球有如箭矢破風而出，一下子擦過光之跑道，浮在空中一面迴旋一面射向目標。

「咦！」

「痛痛痛！」

經過縝密計算的直球先是「咚！」一聲擊中第一名的後腦勺，接著反彈打到第二名的額頭。兩個人因為突如其來的衝擊而跪倒在地。「這個傢伙真狠！」竜兒睜大雙眼，看到面前的実乃梨轉頭對他大叫：

「娜烏西卡（註：宮崎駿的動畫電影《風之谷》當中的女主角）就拜託你了！快去！為了大

河，快去！」

誰是娜烏西卡啊！雖然話中內容是在開玩笑，可是実乃梨的聲音和視線非常認真。她的眼睛直視竜兒，然後又在下一秒撲向前方，抓住第三名的腳。

「同歸於盡攻擊！」

「啊啊啊？開什麼玩笑啊啊啊！」

於是兩個人與慘叫聲一起摔倒在地。竜兒明白她的用意——快去！超過我去吧！你要比任何人都早一步前往大河身邊！

「櫛枝……」

盛大的歡呼聲有如大地鳴動。

叫喊、抱怨、呻吟。

「太好了～～～～～！」還有興奮過頭紛紛湧進運動場的人群。

就在這個時候。

大河仍舊站著緊盯整個過程。

眾人認為會第一個衝過終點的人，竟然停下差點摔倒的腳步，往後倒退幾步，從疊在一起的兩個人裡，用力拉出墊在下面的運動服女孩。

兩人互看彼此。

什麼也沒說，只是開始衝刺。

不曉得是誰主動，總之他們手牽著手，在千鈞一髮之際甩開緊追而來的人，兩人一起衝過終點，並列第一。

大河慢慢坐回椅子上。

她的手腳沒有發抖，睜開雙眼仔細看著兩人的臉。拚命藉由用力踏穩腳步來壓抑內心的波濤洶湧，嘴裡只說了一句：「我沒事。」四周響起的歡呼聲與掌聲麻痺她的腦袋。「太卑鄙了！」「誰比較卑鄙？」四面八方的爭論全被音量更大的祝福聲援壓過。一切的中心——大河看起來似乎不打算站起來，只是靜靜閉上眼睛，坐在椅子上。

后冠戴在她的頭上。

一起抵達終點的兩人拿著后冠、手牽著手，戰戰競競窺視大河的表情。

「我沒事……」口中不斷地重複這句話，隱約帶著自豪——不用擔心我，你們不也看到我一個人站起來了嗎？

我就算一個人也可以好好活下去。

＊＊＊

「太棒了————！太棒了————！太棒了啊————！我太棒了、太棒了、太棒了！」

站在熊熊燃燒的巨大火焰前面，執行委員……不，總監春田正在放聲大吼大叫，一個人HIGH個不停，看起來似乎非常開心——班級競賽、班花比賽、福男賽跑，所有項目都由二年C班奪下，終於拿到全校第一名。

延續福男賽跑的高潮，頒獎典禮直接在運動場舉行，春田自豪地高舉巨大的獎品清單。在正中央燃燒的營火，照亮所有參加這場「只有一天」校慶活動的學生。營火晚會正式揭幕，數不盡的火花在帶點藍色的夜空下閃亮飛舞。

穿著長外套的亞美也站在春田身邊，抱著有點寒酸的冠軍獎盃：

「討厭～～真是的，真的好開心～～！討厭，人家的眼淚快掉下來了……」

扭扭捏捏的鐵面具，竟然還有假哭功能。包圍他們的二年C班同學紛紛開口：「亞美辛苦了～～！」「亞美別哭～～！」「人家也覺得好感動～～！」「大家都很努力～～！」「沒想到笨蛋春田這麼努力！」——這些人的生性本來就很善良，有些女孩子甚至真的開始落淚。就在一片感動氣氛中，春田得意地點頭說道：

「我有個想法，我想把這次的ＭＶＰ……頒給百合！」

「咦……？」

春田的手指向站在距離學生有段距離的單身（30），單身嚇了一跳，肩膀抖了一下。一起轉過頭的學生眼中浮現「原來如此」的眼神，他們看著彼此點點頭，眼睛散發單純的閃耀光芒說道：

「這麼說來，的確沒錯……」

「一開始是百合提議說要辦職業摔角秀的。」

「大家都很努力沒錯，可是多虧百合製造這個契機，讓我們能夠一起努力。」

「贊成！ＭＶＰ就是百合！」

「百合，謝謝妳！」

「百合……妳怎麼了？」

突然受到眾人矚目，單身（30）表情變得有些難過，腳步也站不太穩，火光照耀的頭髮顯得亂七八糟。她就這麼單膝跪下，開始搓揉自己的眉間：

「嗯……我還以為大家因為我的心胸狹窄而討厭我……明明都是大人了，所作所為還是這麼討人厭……」

她不敢直視學生的眼睛，可是亞美走過去伸出援手：

「老師，振作一點……老師，有件事我一直想問妳，為什麼老是穿膚色的衣服呢？」

「因、因為我已經三十歲了……」

「呀～～！正是受歡迎的年紀～～！」

單身（30）的眼中一點一滴滲出淚水——混雜所有的情感，有如高湯一般複雜的眼淚。她覺得自己已經三十歲了，哪有什麼受歡迎的——無精打采垮下肩膀、眼底浮現皺紋與黑影。可是亞美繼續說道：

「老師不太適合膚色喔。妳的肌膚帶有透明感，還是要穿明亮的粉色系才對～而且老師的身材很好，必須秀出身材曲線才行，那可是妳的武器，武、器！再說現在這個時代，就算過了三十歲也沒有人會打扮得這麼樸素了。既然老師還是單身，就應該更加享受戀愛與時尚的樂趣喔♡」

「川、川嶋同學……」

「前陣子我看到老師離開學校的時候，拿著愛馬仕的『GARDEN PARTY』系列包對吧～？新的耶，超適合的！好棒……啊——！」

單身（30）緊緊抱住長大衣天使，嘴裡不斷重複同一句話：謝謝！謝謝！謝謝……

這是多美的畫面——圍繞兩人的二年C班同學感動地鼓掌喝采。春田摟著單身（30）的肩膀，順便若無其事地摟住亞美的肩膀：

「百合，慶功宴也要一起來喔！」

「咦？我可以去嗎？這樣你們就不能做壞事了？」

「可以可以！完全沒問題！我們本來就打算在家庭餐廳舉辦健康的慶功宴！」

「可是我去就會拉高平均年齡，沒關係嗎？」

「那種小事沒關係啦！」

兩公尺高的營火就在吵鬧的同學身旁雄雄燃燒，地上的影子搖搖晃晃。其他班級的學生臉上也染上一片橘色。開心、累癱、笑鬧、聊天、坐在地上望著營火，各自以自己的方式珍惜這場即將結束的熱鬧校慶。還有男生與外校的女學生玩得十分開心、還有同班同學聚集一起，一起做些什麼活動、也有不少男女很有氣氛地緊緊靠在一起。在帳棚底下的執行委員老早進入淚眼婆娑的慰勞會，學生會成員也並肩坐在桌子上，守護校慶最後一項活動。

這場一年一度，只有一天的騷動終於即將落幕。

「妳會去慶功宴吧，校花小姐？」

「嗯……你去我就沒飯吃了……要我去也可以啦，福男先生。」

「啊，好痛！」

在圍成一圈繞著單身（30）的學生外面，竜兒一邊大叫一邊往後跳開，因為公主粗魯地觸摸臉上貼著ＯＫ繃的光榮傷痕。

「你受傷啦？真是遜斃了！明天帶你去三宅診所看醫生吧？」

「三宅……那不是獸醫嗎！」

哈哈哈，被你發現了——大河發出有如惡魔的笑聲。頭上戴著施華洛世奇（註：SWAROVSKI，知名的瑞士水晶工藝與光學儀器品牌）水晶打造的美麗后冠，非常搭配她的洋裝和天使翅膀。這副模樣任誰看了都會覺得可愛。看樣子本性和外表似乎毫無關係，甚至可以說是完全相反。

我到底是為誰受傷——竜兒不禁瞪著大河。

「哼！」大河傲慢地瞇起眼睛，嘴角露出有些壞心的微笑。

沒錯，她是在笑。當她知道一直等待的爸爸又一次逃走、看過簡訊之後，今晚的大河只是露出比平常更討人厭的笑容，一直笑個不停。「給我看看！」就連我把簡訊給她看的瞬間，「喝啊！」我還以為她會使盡全力把我的手機丟出去，忍不住緊張得要死，結果大河立刻展現笑容——「騙你的。」手機還握在她手裡。她只是捉弄竜兒、取笑竜兒慌張的模樣。大河全身沐浴在火焰的光輝之下，迷你洋裝閃耀優雅的光芒。

完全不懂我的擔心——竜兒除了嘆氣，已經無計可施。

「妳……原來妳這麼堅強。我還以為妳一定會歇斯底里。」

「打一開始我就沒把那傢伙放在心上。無所謂。說真的，我真的無所謂。反正什麼也沒變。話說回來，你竟然敢在孤單的我面前，光明正大地和小実親熱手牽手。你們是在什麼時候和好的？」

「呃……這個嘛……」

和好……我想還沒。此刻的実乃梨正在距離兩人有點距離的地方，和其他人有說有笑。竜兒瞄了一眼之後轉開視線，抓抓頭——這麼說來，剛才在混亂之中好像有牽到手……就是我這隻手——想起這件事的瞬間突然全身顫抖，火熱的臉頰彷彿開始燃燒。

對了，我們牽手了。

「喔……喔……」

「『喔』什麼東西？你是軟體銀行鷹的球迷嗎？（註：日本職棒福岡軟體銀行鷹隊的總教練是王貞治，『王』的日文發音與『喔』相同）呆瓜！別在這裡傻笑，快點去道歉！遲鈍的垃圾狗！你不是跟我約好了嗎！」

大河在竜兒的背上推了一把，讓他連反擊的機會都沒有。「痛痛痛痛痛！」竜兒一邊呻吟一邊搖搖晃晃閃避。就在這個時候——

「嗯……？」

「音樂……」

擴音器開始播放有點變調的華爾滋舞曲，陣陣的節奏組成曲調，在火焰照耀的秋天夜空下，音符正在悠揚舞動。

這麼說來——竜兒臉上露出微笑，一不小心動到傷口。我記得福男的獎品……有吧？應該有「那個」吧？

「我會去向櫛枝道歉，不過在那之前——」

大河的眼睛閃閃發光，裡面映著閃耀的炙熱火焰，看起來有如燃燒的寶石。「如果可以……」竜兒費盡千辛萬苦，好不容易說出不習慣的話。用舌頭舔舔嘴唇，向大河伸手——偶爾這樣也不錯吧？

「請和我……」

「小——実——！」

可是大河完全無視竜兒，狠狠打斷他的話，突然大聲呼叫死黨。她的叫聲有如老虎長嘯，実乃梨馬上轉過身來：

「什麼什麼什麼？發生什麼事發生什麼事發生什麼事？」

立刻跑到大河身邊，摸摸她的脖子、額頭，彷彿是要從頭到尾都摸一遍，從大河的頭髮一直摸到脖子。

「小実小実！最喜歡妳最喜歡妳最喜歡妳最喜歡妳最喜歡妳——！」

「好好好好好，我知道我知道我知道！啊——大河好可愛！超適合后冠的！全世界最可愛的公主！好可愛好可愛好可愛！」

「這是小実幫我戴的后冠～所以人家很開心～～」

「不是只有我，高須同學也是第一名喔？」

「沒聽見！沒看見！不知道！」

大河和平常一樣化身動物，用力纏著滿臉ＯＫ繃的実乃梨，用鼻子聞聞実乃梨脖子的味道，用自己的臉開始磨蹭，似乎很安心地放鬆身體。

到底在幹嘛——看到大河的模樣，無言以對的竜兒也只能一笑置之。

「哈哈哈……好癢！」

実乃梨只是微笑以對。即使看到竜兒的眼睛、注意到竜兒的視線，也只是稍微縮了一下肩膀，不過還是一樣溫柔。

放鬆的大河突然抬頭，以有點粗魯的動作脫離実乃梨的懷抱，獨自一個人直挺挺站著瞪向前方。順著她的視線望去——

「川嶋同學，可以和我跳支舞嗎？」

「不不不，請務必和我跳舞。」

「我一直很仰慕妳……女王陛下的姿態完全征服我的心。」

耳朵聽著流洩的華爾滋舞曲，眾多男生圍繞在亞美身邊，不分學年、不分班級，就連外校的人也混在其中，他們各自對亞美暢述自己的崇拜之情。至於當事人亞美則是皺起眉頭，看著那些伸過來的手，眼神充滿困擾。其實正在開心地評估眾人。

「啊，那個……唉呀、究竟該怎麼辦才好～～！真是傷腦筋，人家完全不曉得該怎麼面對這種事～～！」

扭扭捏捏的亞美戴著做作的鐵面具，露出一副不知所措的樣子。熊熊燃燒的營火熱得教人無法靠近，但是這副光景卻讓人感到些許寒意——特別是知道亞美真面目的人。

「既然那麼傷腦筋，就和我跳吧，蠢蛋吉——！」

「咦咦……？」

大河像隻惡作劇的小貓輕輕跳起，纏著亞美之後用嘴巴一咬。

「啊！討厭啦，逢坂同學！放開我，這樣很痛……我說很痛……」

「來吧！喂，我說要跟妳跳舞！」

「就說這樣很痛了！妳這個混蛋小不點！」

在亞美露出黑心本性之前，大河一直從亞美身後抓著她的肩膀。只見亞美甩掉大河、大河追趕亞美、亞美繼續逃跑……

「看招——！」

「咕！」

突如其來的金臂勾！根本就像職業摔角秀的延續，大河把亞美推倒並且壓在地上，周圍群眾開始喊著：「讀秒！讀秒！」「一！二！」特別準備的可愛洋裝還有天使翅膀，穿在凶猛的老虎身上只是浪費。

是要上前阻止？還是放著別管？竜兒光是思考這些就覺得頭痛。亞美一定不會有事，因為她很堅強。竜兒無奈望著兩人——

「高須同學……對不起。」

有人輕輕戳了一下竜兒的肩膀。

這才注意到実乃梨站在自己身旁。

実乃梨的側臉染上火焰的顏色，眼睛注視正在和亞美打打鬧鬧的大河。竜兒有些猶豫，還是微微低頭說道：

「該道歉的人是我……什麼都不知道的人也是我。對不起，對妳說了很過分的話……真是對不起。」

実乃梨焦急地睜大眼睛、用力搖頭：

「不是的！不是的……高須同學……」

她閉上眼睛，好不容易才低聲說道：

「都怪我故意瞞著高須同學不說……我故意不告訴你，藉此表示我知道的比你多，再來責備你什麼都不懂……我沒有告訴你應該知道的事，這樣一點也不公平。」

她說到這裡停了一下。華爾滋的音樂繼續播放，但是沒有任何人在跳舞。全體學生要不是坐在地上，就是站著和其他人說話，各自因為眩目的火焰瞇起眼睛。至於大河一不小心被亞美溜走，只能不甘心地一個人用力喘氣。這個時候，一名眼鏡男不知不覺走到她面前。

「逢坂，雖然我不是福男，但是不知道有沒有榮幸邀妳跳舞？」

大河驚訝地睜大眼睛。營火就在此時爆出巨大的聲響，搖曳的火焰倒映在濕潤的眼睛上，忽左忽右閃爍不停。

「這個……規矩不是由學生會決定的嗎？」

北村笑了一下，毫不猶豫地把手伸向僵硬不動的大河。

「就看逢坂的決定。」

大河直直盯著北村伸出的手。

「ＹＥＳ還是ＮＯ呢？逢坂大河，妳願意和我共舞嗎？」

竜兒站在稍遠的地方看著大河。大河的臉色在火焰照耀之下所以看不清楚，可是不用看也知道，一定是滿臉通紅。急促的心跳聲應該聽得很清楚吧？

有些群眾對著大河和北村指指點點，驚叫出聲：「學生會的眼鏡邀請掌中老虎！」「快住手，太有勇無謀了！」也有些人帶著看好戲的心態在一旁吹口哨，可是北村完全不為所動，維持伸手的姿勢等待大河的回答。

「學……學生會的工作……沒關係嗎？」

「沒關係。這樣的夜晚，我想和朋友一起共舞。」

大河的臉上綻放溫柔的微笑，大大的濕潤眼瞳只是凝視北村，顫抖的眼神帶著猶豫。閉上眼睛又睜開，不在乎旁人的目光。

「北村同學……」

大河呼喚單戀對象的名字。

「謝謝、謝謝你……真的。」

聽到大河的話，北村瞇起眼鏡後面的眼睛，彷彿是在笑。

「為什麼要道謝？這樣有點怪，朋友之間沒什麼好謝的。」

「是嗎？」

「不是嗎……妳的回答呢？」

「呵呵……要怎麼跳？」

「手牽著手，眼睛看著對方，一直轉圈到膩為止。應該是這樣。」

大河笑了，有點害羞地抬頭看向天空，接著伸手握住北村的手。「啊，他們牽手了！好熱情啊！」不要命的某人開始起鬨，也有人因為校慶的亢奮而得意忘形地拍手叫好。

可是大河並不在意。

不在意的大河面帶笑容。

我一個人也不會有事——

可是你依然呼喚我、對我伸出手，我真的很感謝你——大河在心裡唸唸有詞，但是沒有告訴北村或任何人。她只是優雅搖動洋裝，開始轉圈跳舞。

実乃梨說出驚人的事實——距離現在一年前，大河的爸爸也以同樣方式出現。

她站在竜兒身旁，望著圍繞營火大吵大鬧的同學。

「我知道大河是因為什麼原因才會一個人生活，所以當我知道這件事之後，真的好為她高興。可是到了要決定一起住的房子那天，大河的爸爸突然說『有工作』就出國了。大河一直在約好的地方等待，最後才從房屋仲介那裡得知，大河的爸爸沒有訂房子，還取消要賣房子的事……準備，或者該說是訂定計畫的過程應該很開心吧？大河也很高興，可是他卻沒有實行的打算……」

「原來如此……」

竜兒一聽就明白。

明白大河絕對不接爸爸電話的原因，明白一見面就瞄準他的兩腿之間，賞他一記膝擊的原因——都怪我動搖大河的決心，不小心露出受傷的一面嚇到她，可是我卻完全不打算聽大河把話說清楚。

「那個傢伙……」

実乃梨或許是顧慮竜兒的心情，開始稱呼大河的爸爸「那個傢伙」。她想告訴竜兒，錯不在竜兒身上，而是那個傢伙。

「那個傢伙只要一和第二任老婆吵架，就會想和大河一起住。跟老婆和好之後，就把大河丟在一旁。當我知道這件事時，還曾經打電話到他的公司罵人，結果你知道他說什麼？他說：『親子之間是怎麼也切不斷的，可是男女緣分卻是一切就斷，所以男女關係必須盡力維持不讓它斷掉。』……爛人！」

「他根本只是把大河當成休閒消遣嘛！」

「是啊……就是那樣，你說的沒錯。」

実乃梨有些語塞，夜空中的火焰倒映在她的眼裡。

「所以說那時候……就是我們談到這件事的時候，如果我跟你把事情說清楚就好了。可是……可是……我不想告訴你……」

這對眼睛充滿寂寞——不過竜兒覺得還是別說出口。

「大河什麼都沒說，只有高須同學知道。一想到這點……該怎麼說，我就不由自主頑固起來。我不想輸給你，或者說……我不想跟你分享我和大河一起克服的那件事。或許可以說，這樣對我比較有利……我的心情不知不覺變成這樣：『因為你不知道之前的事，所以才會犯錯。果然還是我比較了解大河。』……都是我的錯，害得大河再一次傷心。」

「不是妳害她傷心……妳知道大河為什麼都沒告訴妳嗎？」

「我想是因為她知道如果告訴我爸爸的事，我就會生氣，所以才會隻字不題。大河還是不想讓其他人認為她的爸爸是壞人，所以自從一年前發生那件事情之後，她便再也不和我提起家裡的事。」

「這樣啊……」

長久以來的疑問總算煙消雲散。

竜兒一直不了解，為什麼実乃梨這麼會做家事，卻沒有幫助生活一團亂的大河？

原來是大河拒絕実乃梨的幫助。

如果一遇到困難就向她求救，実乃梨會把這些事都怪到爸爸頭上……無論自己再怎麼抱怨爸爸，還是不願意聽到別人說爸爸的壞話、不希望外人討厭爸爸。搞不好現在也是，嘴裡說著「我無所謂」的意思，就是希望大家不要再埋怨爸爸。

実乃梨舉起雙手聳聳肩：

「我很重視大河，所以大河有事不告訴我，真的讓我很痛苦……所以一不小心就覺得很嫉妒，即使對象是高須也是一樣。」

在變調華爾滋的音樂裡，実乃梨的聲音隱約混雜自我厭惡的語氣。這個時候我該怎麼安慰她呢?就在竜兒傷腦筋的同時——

「我、我是蕾絲邊嗎?」

「咦……!」

実乃梨抬起莫名認真的臉，與竜兒四目交會。她是在開玩笑?還是認真的?実乃梨閃爍光芒的眼睛只看得見美麗。總之竜兒能說的話只有一句——

「我、我覺得……如果不是……就好了。」

実乃梨也對著竜兒微微一笑。

「是啊……」

竜兒這才注意兩人的距離不曉得在什麼時候，已經比暑假一起看海的時候更加接近。只要竜兒伸出手，就能把実乃梨的肩膀摟進懷裡。

可是、可是——

「啊……我能夠正常說話了。」

「嗯?什麼?」

実乃梨的話還是一樣突然,外加一點難懂。

「沒關係沒關係,真的沒關係。我、我不在意……沒、沒、沒事……」

咳!咳咳!実乃梨突然開始咳嗽。竜兒準備拍拍她的背,可是実乃梨卻慌慌張張挺起胸膛,像觸電一樣跳起來,然後抖個不停,而且明明沒有人搔她癢,她卻不由自主大笑:

「呀——哈哈哈哈哈哈哈!」

「哪裡正常了!妳一點也不正常!」

実乃梨突然間蹦蹦跳跳放聲狂笑,原本以為她要逃開,沒想到卻交叉雙手撞向竜兒。実乃梨的腦中究竟在想什麼?

「誰來告訴我啊……!」

竜兒懶得阻擋実乃梨的攻擊,逕自低聲向上天祈禱。

「好——!捕獲高須和櫛枝!」

「嗯?」

「哇啊!」

數秒的停止不動,害得竜兒陷入不幸。突然出現在兩人背後的人,是剛才還沉浸在浪漫氣氛裡跳舞的北村與大河。兩個人原本牽在一起的手，現在緊緊抓住竜兒與実乃梨，並且粗魯地揮著。

「哇啊——！嚇死人了！你們在幹嘛？」

「哈哈哈！校慶最後一項活動，當然是要大家一起跳舞！」

北村和大河鬆開握在一起的手，各自抓住竜兒與実乃梨，強迫四個人圍成一圈。北村就這麼拉著大家走向聚集眾人目光的營火旁邊。

「哈哈哈！好丟臉——！這樣根本不是跳舞！」

実乃梨開心地放聲大笑。另一方面，竜兒則是對著大河述說詛咒耳語：

「難、難、難得氣氛正好！妳幹嘛跑來破壞！」

「唉呀，大家一起製造美好回憶嘛……話說回來，我也是好不容易、好不容易、好不容易才有機會和北村同學兩個人共舞啊～～！」

我扭！大河抓住竜兒手指的手異常用力。

「痛痛痛痛痛……」

雖然竜兒低聲哀嚎，不過還是放心多了，因為大河能夠恢復精神比什麼都重要。緊握的手指……看、也是這麼有力……就像在說「不准你一個人幸福！」一般，使盡全力想捏碎竜兒的拳頭。

「痛死了……別太過分了！等一下真的會被妳折斷！」

「這種程度就會折斷的手指，乾脆一開始就折斷！」

少胡說八道，才沒有那回事。另一方面，北村和実乃梨完全放任兩人凶狠的爭鬥，情緒越來越亢奮。

「好——！我們去抓亞美！」

「贊成——！亞美給我等著！」

兩人露出獵人的眼神，看準可憐的獵物。營火的火勢彷彿是要衝上天際，發出巨大聲響。在營火前面什麼也不知情的亞美——

「川嶋同學真的很漂亮。」

「妳沒有男朋友？騙人的吧？」

「一定是因為大家都認為妳高不可攀吧！」

「咦～～？討厭，才沒有那回事～～！人家真的不受歡迎嘛！」

「又來了，妳真是天生少根筋。」

「沒錯沒錯，就是少根筋這點可愛。」

「騙人！竟然說人家天生少根筋？嗯～～為什麼大家都說人家天生少根筋嘛！」

此刻顯得龍心大悅。

高興的心情寫在臉上，同時開心地應付大家。圍在她身邊的人都是別班的男生，每個人的長相都不錯，看起來也比春田聰明五百倍以上。

北村、実乃梨、竜兒還有大河悄悄接近亞美背後，緩緩舉起用手圍成的圓圈。

「人家真的不知道為什麼～到底為什麼～？為什麼大家都說亞美天生少根筋～？好奇怪喔～」

就在亞美發出好心情的呵呵笑聲之時——

「上鉤了！捕獲亞美！耶——！」

「呀啊啊啊啊！什麼？怎麼回事？」

四個人一起成功捕獲亞美。他們驅散嚇了一跳的男生，拖著被眾人團團包圍的亞美來到營火前面。

「嘿嘿嘿！亞美看來很開心嘛！」

「妳把我們忘了嗎！」

「我剛才也是這樣被抓住……」

「『呵呵』是什麼！噁心死了！」

不死心的亞美手腳並用，拚命掙扎，企圖逃出包圍自己的四個人。

「不要不要、就跟你們說我不要！人家絕對不要！這麼棒的夜晚，人家才不想跟你們這些人一起度過！」

可惜她再怎麼掙扎也是枉然。亞美的雙手分別被実乃梨與竜兒握住，被迫成為圓圈的一分子，就算想蹲下也會被大家硬拉起來。

「喂、別這樣，我們不是青梅竹馬嗎？」

「不承認～～！誰是你這個暴露狂的青梅竹馬～～！」

「蠢蛋吉才是暴露狂吧！校花比賽那身變態衣服，到底在哪買的？」

「妳說什麼～～！我可是努力幫妳炒熱氣氛耶！不知感恩的小不點老虎！」

「喔！美女就連手指也是這麼柔軟～～！」

「呀啊～～！実乃梨，別亂摸人家的指縫～～！」

「別再掙扎了，妳就乖乖陪我們玩『好朋友遊戲』吧！」

「呀～～！高須同學的手濕濕的～～！」

「有什麼好叫的……這是體質的關係！」

五個人就這樣在營火前轉著圈圈，大聲歡笑、大吵大鬧、生氣怒罵，結果還是一起露出笑容。「一群小鬼！」在周圍同學的笑聲之中，火焰為五個人帶來溫暖。

這個夜晚是特別的。

此時此刻，每個人都暫時把深埋心裡的祕密擱到一邊，這個夜晚在心裡永遠都是特別的回憶，不斷旋轉跳舞直到結束。

這天晚上的活動結束之後，二年C班舉行慶功宴。就連班導也加入大家的行列，全班沒有一個人缺席，一起前往家庭餐廳慶功。然後圍成一圈開始轉圈，大家一起轉圈一起興奮地談天說地。

每次只要一笑就會覺得痛，不過只要度過這個夜晚，或許、一定、應該——我想終究會沒問題的。

後記

我在銀行拿到一支穴道指壓棒。世界上有不少穴道指壓產品，但是這支穴道指壓棒就是做得特別好，讓人愛不釋手。只要我有意識的時候，幾乎都會拿著穴道指壓棒用力按摩脖子一帶，真是舒服到無法停止。我對那支穴道指壓棒的中毒之深，讓我幫它取了一個可怕的名字——「毒藥之棒」。出門在外只要一出現症狀，我就會拿出「毒藥之棒」按摩，不過世人的視線總是很嚴厲。年輕時的我感傷自己平凡到誰也不屑一顧，現在眾人卻對我投以詭異的眼光，真是悲哀……我是ゆゆこ（餓……錯了，是29）。即使過了梅雨時節，還是繼續睡在冬天專用的被窩裡，總算瘦了一點。

回歸正題，各位購買《TIGER×DRAGON5!》的讀者，這次也十分感謝大家的支持！一不留神才發現本系列已經出到第五集了。因為有大家的支持，才能一直出版到現在，不曉得各位看得是否開心？我是否回報了各位的支持？大家願意閱讀我的作品，我很開心，也很感謝，希望以作品回報各位，今後也將全力（甚至忘了更換寢具）在戀愛小說上衝刺！季節感！我的人生早就沒有那種東西！接下來希望能在今年內推出《TIGER×DRAGON6!》，

如果各位願意，還請繼續支持並且給我力量，務必拜託大家！

再來稍微和各位讀者報告一下近況……我買了幾個盆栽，不過買來的盆栽卻一個接著一個枯死。

日前閱讀いとうせいこう老師寫的生活短篇《ボタニカル・ライフ—植物生活》（新潮文庫出版），內容是描述在陽台種植植物的點點滴滴。看完之後大受影響，打算把盆栽當成興趣，於是馬上買了各式各樣的盆栽進行嘗試，結果所有的盆栽統統枯死，無一倖免。才買回來就開始枯萎，從踏入我家玄關的瞬間，開始它的「死亡」倒數，似乎怎麼樣也停不下來。在花店裡精神奕奕向上伸展的迷你玫瑰花苞，曾幾何時已經成了漆黑的屍體。被稱為「花」的花瓣部分邊緣變成暗紫色、捲縮、瀕臨四分五裂，這一切並非我所樂見。明明有好好澆水，為什麼會變成這樣？我到底在幹什麼？病懨懨的植物在我家到處散發死亡氣息，現在我住的地方完全籠罩在鬱悶的空氣之中，充滿「負面」能量。怎麼會這樣……真討厭……我原本還指望從植物那裡分到一些生命力、生氣蓬勃地過活……

那麼，陪伴我到最後的各位讀者！真的很感謝你們！還有我的責任編輯以及ヤス老師，請不要輸給我身上的「負面」能量喔！

竹宮ゆゆこ

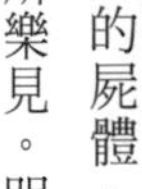

Kadokawa Light Novels

我們倆的田村同學 1~2 待續

Kadokawa Fantastic Novels

作者：竹宮ゆゆこ　插畫：ヤス

一邊是冰山美人，一邊是不可思議美少女
平凡的田村同學戀情將何去何從!?

平凡的田村同學和有點怕寂寞、卻又愛鬧彆扭的高傲美少女·相馬廣香發生初吻的同一日，竟然收到久無音信的不可思議系電波美少女·松澤小卷所寄來之明信片！這封明信片即將帶來什麼樣的波瀾——!?請看竹宮ゆゆこ的微酸愛情小品文。

各 **NT$180~200/HK$50~55**

台湾角川

Kadokawa Light Novels

學校的階梯 1~3 待續

Kadokawa Fantastic Novels

作者：櫂末高彰　插畫：甘福あまね

天栗浜高校階梯社VS網球社！
雷之女神對決冰之女神的結果將是!?

主要活動是在校內走廊與階梯上奔跑，徹底違反規則的階梯社竟然在學生集會上獲得認可，得以成為正式社團!?但是，階梯社卻放棄這個機會，依然以地下社團的立場，不斷在校園內來回奔跑！這次，為了招收女性新社員，階梯社又會引起什麼風波？

各 **NT$180/HK$50**

台湾角川

©Makoto SANDA 2004,2005

Kadokawa Light Novels

魔法人力派遣公司 1~4 待續

Kadokawa Fantastic Novels

作者：三田 誠　插畫：pako

龍的利爪將撕裂〈阿斯特拉爾〉!?
封印的最強魔法生物宛如受妖精眼呼喚而覺醒…

成為魔法人力派遣公司〈阿斯特拉爾〉第二代社長的伊庭樹，天天眼眶含淚做著不習慣的工作。面對前來挑戰的敵手，樹真正的力量在危急時刻覺醒了！集結了古代居爾特魔法、陰陽道、神道等世界各地的魔法，異種魔法戰鬥之夜即將開始！

各 **NT$180~220/HK$50~60**

台湾角川

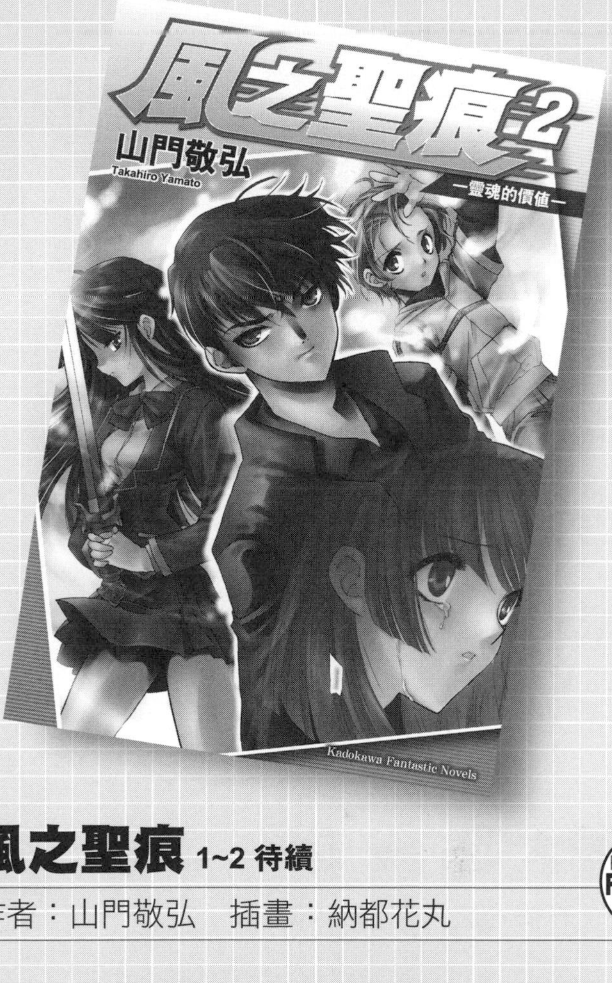

風之聖痕 1~2 待續

Kadokawa Fantastic Novels

作者：山門敬弘　插畫：納都花丸

是復仇還是陰謀？史上最強風術師捲土重來！
日本奇幻長篇小說大賞準入選作品正式登台！

身為炎術師一族卻不具有火焰法術能力因而慘遭逐出家門的和麻，以強大的風術師身分回國，卻因此引來一場撲朔迷離的陷害風波，最後雖然幫助神凪一族逃離滅門之禍，但是卻遇到新的麻煩──和風美女「操」的美人計？和麻能夠忍住誘惑嗎……

台湾角川

各 NT$180~200/HK$50~55

Kadokawa Light Novels

學園奇諾 1~2 待續中？

Kadokawa Fantastic Novels

作者：時雨沢恵一　插畫：黑星紅白

惡搞《奇諾の旅》主角們的校園喜劇熱鬧上演!!
建議奇諾的粉絲們，閱讀前請先作好心理準備喔！

女子高中生木乃（日文發音與「奇諾」同為「KINO」），與會說話的手機吊飾漢密斯，過著愉快的校園生活。但是，木乃的真實身分卻是和妖魔戰鬥的正義使者!!另外靜（日文發音與「西茲」同為「SIZU」）學長也登場了，這兩人會激起什麼樣的火花呢!?

台湾角川

各 **NT$200/HK$55**

國家圖書館出版品預行編目資料

TIGERxDRAGON! / 竹宮ゆゆこ作 ; 黃薇嬪譯. --初版. -- 臺北市 : 臺灣國際角川, 2007. 09-
冊 ;　公分. --

譯自 : とらドラ!
ISBN 978-986-174-473-5(第4冊 : 平裝). --
ISBN 978-986-174-645-6(第5冊 : 平裝)

861.57　　96015825

Kadokawa
Fantastic
Novels

TIGER×DRAGON 5！

（原著名：とらドラ5！）

2008年4月30日　初版第1刷發行
2022年1月25日　初版第6刷發行

作　者：竹宮ゆゆこ
插　畫：ヤス
日版設計：荻窪裕司
譯　者：黃薇嬪

發行人：岩崎剛人
總編輯：蔡佩芬
主　編：朱哲成
設計指導：陳晞叡
印　務：李明修（主任）、張加恩（主任）、張凱棋

發行所：台灣角川股份有限公司
地　址：104台北市中山區松江路223號3樓
電　話：（02）2515-3000
傳　真：（02）2515-0033
網　址：www.kadokawa.com.tw
劃撥帳戶：台灣角川股份有限公司
劃撥帳號：19487412
法律顧問：有澤法律事務所
製　版：尚騰印刷事業有限公司
ISBN：978-986-174-645-6